CAMDEN COUNTY LIBRARY
203 LAUREL ROAD
VOORHEES, NJ 08043

0500000251595 0

CCLS - RUTGERS

TETRALOGÍA IONE 3

VILLA
ESPERANZA

D1240542

MARIO ESCOBAR

GRUPO NELSON
Una división de Thomas Nelson Publishers
Desde 1798

NASHVILLE   DALLAS   MÉXICO DF.   RÍO DE JANEIRO

JUN 1 6 2016

SPANISH
Y
ESC
vol. 3

©2013 por Mario Escobar Golderos
Publicado en Nashville, Tennessee, Estados Unidos de América.
Grupo Nelson, Inc. es una subsidiaria que pertenece completamente a Thomas Nelson, Inc.
Grupo Nelson es una marca registrada de Thomas Nelson, Inc. www.gruponelson.com

Todos los derechos reservados. Ninguna porción de este libro podrá ser reproducida,
almacenada en algún sistema de recuperación, o transmitida en cualquier forma o por cualquier
medio —mecánicos, fotocopias, grabación u otro— excepto por citas breves en revistas
impresas, sin la autorización previa por escrito de la editorial.

Nota de la editorial: esta novela es una obra de ficción. Los nombres, personajes, lugares o
episodios son producto de la imaginación del autor y se usan ficticiamente. Todos los personajes
son ficticios, cualquier parecido con personas vivas o muertas es pura coincidencia.

Editora en Jefe: *Graciela Lelli*
Tipografía: *Grupo Nivel Uno, Inc.*

ISBN: 978-1-60255-895-3

Impreso en Estados Unidos de América

13 14 15 16 17 18 RRD 6 5 4 3 2 1

A los lectores de la Saga Ione, que han vivido como yo

en las lejanas tierras de un mundo devastado, pero en

el que no se ha perdido la esperanza.

A mis amigos de la infancia, que navegaron conmigo

en mil historias con la imaginación.

«¡Corred, insensatos!».

EL SEÑOR DE LOS ANILLOS, J. R. R. TOLKIEN

«Sólo la fantasía permanece siempre joven; lo que no ha ocurrido jamás no envejece nunca».

JOHANN CHRISTOPH FRIEDRICH VON SCHILLER

«Cuando era más joven podía recordar todo, hubiera sucedido o no».

MARK TWAIN

PRÓLOGO

TODO SUCEDIÓ TAL Y COMO mi padre me había dicho. El viento cambió de repente, el cielo se oscureció con unas inmensas nubes grises y comenzó a llover. Mi padre recogió todo lo que había en el jardín y el porche y comenzó a guardarlo en el granero que hacía las funciones de trastero de la casa. Mi hermano y yo intentamos ayudarle, aunque Mike era tan pequeño que apenas podía mover las sillas de verano medio oxidadas.

El granero era uno de esos sitios que me daban miedo. Allí guardaban mis padres las cosas viejas del abuelo; pero cuando aquello era aún una granja y se cultivaban las tierras que había más allá de la valla blanca del jardín, solía estar repleto de paja para los animales y utensilios de labranza. Mis padres, cuando eran más jóvenes, habían pasado una temporada en la ciudad de San Francisco, destinados allí tras su etapa en el seminario, pero cuando el abuelo se puso malo y nosotros nacimos, pensaron que era mejor regresar a Oregón. Apenas recuerdo algo de San Francisco. Destellos de luces frente al mar y el olor húmedo de la tierra de la playa. A veces sueño con el sonido de las olas que golpeaban los riscos al lado de nuestra casa y el color verde azulado de la moqueta de la iglesia. Eso es todo lo que recuerdo.

Mientras metíamos los últimos objetos en el granero, mi hermano Mike se acercó a la parte de arriba e intentó subir la estrecha escalera, pero yo le agarré a tiempo. Desde que estábamos de nuevo en Ione me había convertido en su niñera.

Cuando quise darme vuelta, escuché cómo la tormenta cerraba de un golpe el gran portalón de madera. Me giré con Mike en los brazos, y la oscuridad nos envolvió. No estoy seguro de por qué la falta de luz hace que el resto de nuestros sentidos se vivifiquen, pero en ese momento mi agudo oído escuchó palabras que susurraban a mi lado, y después un mal olor a putrefacción que me dio ganas de vomitar. Comencé a temblar, pero sin soltar a mi hermano me acerqué a la mesa del abuelo, y tanteé la madera seca y vieja hasta dar con el cajón. Allí había una linterna anticuada y oxidada; oré para que aún funcionara, y cuando logré sacarla con los dedos embadurnados de polvo y telarañas, apreté el botón rojo. No sucedió nada; entonces agité la mano y volví a intentarlo.

La luz amarilla alumbró el granero levemente. Enfoqué hacia el lugar del que procedía el ruido y vi decenas de gruñidores que se aproximaban. Entonces escuché la voz de mi padre que decía: *No es contra carne ni sangre, Tes. No es contra carne ni sangre...*

Los gruñidores comenzaron a aproximarse y Mike gritó con todas sus fuerzas. Entonces me desperté.

PARTE I:

SAN FRANCISCO

CAPÍTULO I

EL PUERTO

MIKE SEGUÍA SACUDIÉNDOME CUANDO ME desperté. No sabía dónde me encontraba. Apenas recordaba cómo habíamos llegado a San Francisco y la sombra que proyectaban los helicópteros mientras disparaban sobre nuestras cabezas. El camarote era amplio, con seis literas pegadas a las paredes y un pequeño lavabo metálico. Mike me miraba sonriente mientras yo me incorporé sobresaltado. Nuestros sueños eran el único refugio que teníamos de la realidad. En ellos veía a mis padres y a los abuelos cantando «Cumpleaños feliz» mientras me traían mi tarta de chocolate favorita. A veces me enojaba al darme cuenta de que los sueños disipaban los últimos restos de todas las personas que yo quería y ya no estaban conmigo.

—Deja de gritar como un marrano a punto de ser degollado —dijo Mike mientras se ponía de pie y agarraba su camiseta de la litera de arriba.

—He tenido una pesadilla. ¿Te acuerdas del viejo granero? —pregunté a mi hermano mientras me frotaba los ojos.

—Claro. Me encantaba entrar allí dentro y husmear un poco —dijo mi hermano.

—En eso no has cambiado demasiado —bromeé mientras me lavaba la cara en el lavabo.

—Tenemos una reunión en cinco minutos. Al parecer, Elías dice que sabe cómo acercarnos a la base sin que nos disparen —comentó Mike.

Elías era el tipo más peligroso que yo había conocido jamás. Incapaz de ser leal y pensando siempre en cómo salvar su propio trasero. Ya nos había traicionado una vez, y él no dudaría en hacerlo de nuevo si eso podía favorecerle. Me levanté de la cama y estiré un poco mi ropa. Desde hacía meses nos habíamos acostumbrado a dormir vestidos. Nunca sabías cuándo tendrías que dejar todo y echar a correr. Miré en el espejo mis ojos hinchados y mi cabello rubio despeinado, lo repasé un poco con los dedos y subí al salón.

Cuando atravesé la puerta, todos estaban ya sentados. Katty, siempre perfecta, con un increíble top y unos pantalones azules; a su lado estaba Elías, que con los brazos cruzados esperaba impaciente. Mona también parecía molesta y tenía el ceño fruncido, pero del resto de soldados que les acompañaban no se veía ni rastro.

—¿Se puede saber dónde estabas? Llevamos media hora esperando —se quejó Elías.

—¿Somos tus prisioneros? —le pregunté mirando directamente a sus ojos saltones.

—No, son nuestros invitados y nuestros aliados. En este mundo nuevo, la ayuda de los demás es imprescindible —dijo Elías con tono sarcástico.

Mike, Susi y Mary estaban sentados al otro lado de la mesa. Me puse a su lado y esperamos a que Elías nos contara su plan.

—El plan es muy sencillo —comentó Elías mientras desplegaba un mapa en la mesa. Estamos aquí, en el puerto de Loch Lomond; para llegar al San Francisco Hospital tendríamos que aproximarnos con el barco hasta el puerto 80, pero si esos helicópteros nos ven, no dudarán en dispararnos. Por eso les propongo que marchemos por la noche en dos barcas hinchables con remos. Después tendremos que atravesar la ciudad hasta la autopista 101.

—Eso es muy peligroso —dijo Susi—. La ciudad está llena de gruñidores y no lograremos atravesarla a pie en plena noche.

—Para eso tengo otro plan —comentó Elías sonriente—. Al lado del puerto están los tranvías de la ciudad.

No me podía creer lo que estaba oyendo. Aquel era el plan más disparatado que había escuchado en mucho tiempo.

—Tenemos un pequeño problema. La ciudad no tiene electricidad desde hace años —comenté sarcástico. Elías me hincó su inquisitiva mirada.

—Sí, pero los trenes nuevos tienen un generador propio que funciona por placas solares. Si funcionan, no encontraremos un transporte mejor y menos ruidoso —comentó Elías.

Cuando la reunión se disolvió, Susi se acercó hasta mí, pero al ver a Katty llegando al mismo tiempo, optó por alejarse y salir del salón. Llevaba comportándose de aquella manera desde nuestro reencuentro en Reno. La extrañaba; llevaba mucho tiempo buscándola por todo el país, y ahora parecía estar más lejos de mí que nunca.

—¿Estás bien? —me preguntó Katty al verme pensativo.

—Sí, simplemente... Bueno déjalo —le contesté intentando evitar hablar de ello.

—¿Te fías de estos tipos? —dijo Katty en voz baja.

—No, pero ellos tienen las armas —respondí en broma.

—Propongo que en cuanto pongamos un pie en tierra, salgamos corriendo en dirección contraria —comentó mi amiga.

—Aunque el problema está en que nos dirigimos al mismo sitio. Cada día noto más que me faltan las fuerzas, y ya no queda demasiado tiempo para mi dieciocho cumpleaños —contesté con una sinceridad a la que ni yo mismo estaba acostumbrado.

—Lo sé, Tes —dijo Katty poniendo una mano sobre mi hombro. Su simple contacto hizo que el corazón se me acelerara a mil y que mis dudas crecieran aun más.

Llevaba años enamorado de Susi y ahora, cuando parecía que ella por fin se fijaba en mí, Katty se cruzaba en mi vida y todo cambiaba por completo. Aunque lo que no entendía era qué importaba todo eso si me quedaba muy poco tiempo para morir.

Todos sabemos que un día tendremos que morir, pero conocer la fecha exacta es la forma de tortura más sofisticada que he conocido. Aunque en los últimos meses me asaltaba un temor aun peor: convertirme en gruñidor.

Los gruñidores estaban cambiando; cada vez eran más inteligentes, y eso les hacía mucho más peligrosos. Antes, cuando caminaban sin rumbo con sus bocas babeantes, no parecían tan peligrosos; pero ahora una gran oleada se dirigía desde el norte hacia el sur, como si algún tipo de inteligencia les gobernara.

—Quiero que me dé algo de aire fresco —comenté a Katty, y nos dirigimos juntos a la cubierta del barco.

El día era dolorosamente luminoso. El cielo azul anunciaba una normalidad que no existía, pero al contemplar el mar y las olas sacudiendo ligeramente el casco del barco, no pude evitar evocar mi infancia.

—¿Sabes que es la primera vez que veo el mar? —dijo Katty sin dejar de mirar el horizonte.

—Yo iba de vez en cuando con mi padre y mi hermano a Portland, pero este no parece el mismo océano. El cielo azul convierte el agua en un hermoso espejo de plata —comenté mientras mis ojos se perdían en la inmensidad del océano, que podía vislumbrarse al otro lado de la bahía.

Katty tomó mi mano y me miró directamente a los ojos. Aproximó su cara a la mía y me dio un beso. Fue tan rápido que todavía, cuando lo pienso, tengo dudas de si ocurrió de verdad o fue uno más de mis sueños.

DOS PLANES MUY DISTINTOS

NOS ACOSTAMOS MUY PRONTO, PUES debíamos estar de pie nuevamente a las tres de la mañana. Los esbirros de Mona y Elías nos facilitaron uniformes negros y betún para taparnos la cara, pero no nos dieron ningunas armas. Sin duda temían que nos fugáramos. Sabían que sin ningún tipo de protección y comida, no llegaríamos muy lejos.

No podía conciliar el sueño aquella noche. Me movía en la litera inquieto, por lo que opté por levantarme, vestirme y subir a cubierta. Intenté hacer el menor ruido posible; pasé por el pasillo principal y me dirigí a la superficie. En cuanto saqué la cabeza, sentí la brisa agradable que mecía el barco en medio del golfo. En California podía hacer mucho calor durante el día, pero al menos aquella brisa nocturna me quitó la sensación de agobio de los últimos días. Llevaba casi una semana sin bañarme, el agua estaba racionada y no era sencillo encontrar pozos y agua dulce potable, pero al menos nos habían dejado unos cubos para que nos aseáramos un poco.

—¿Qué haces despierto? —escuché que me preguntaban a la espalda. Cuando me giré, vi la cara de Mona. Ya no era aquella niña orgullosa y asustadiza de unas semanas antes. Su rostro había cambiado, y sus ojos ya no tenían la malévola inocencia de su etapa en Místicus.

La miré con indiferencia. No me sentía obligado a responderle; en dos ocasiones habían estado a punto de matarnos por su culpa, pero ella volvió a insistir.

—No intentes escapar. Hasta ahora has tenido mucha suerte, pero esa racha puede terminar en cualquier momento —dijo la chica.

—¿Suerte? No creo en la suerte —le contesté—. Sé que alguien me protege y no me dejará morir hasta que cumpla mi misión. De hecho, pienso que todos tenemos una misión en esta vida.

—Muy bonito. La tuya es la de destruir mundos, para que cientos de personas sufran y mueran —me dijo sin poder contener su rabia. Sus ojos brillaban bajo la tenue luz de cubierta. El odio podía mascarse en sus palabras, pero yo no iba a caer en su juego.

Me acerqué a la cubierta y contemplé la luna reflejada en el agua. Aquella noche había demasiada luz para llevar a cabo una operación como la que Elías quería intentar. Los soldados que vivían en San Francisco no tardarían en encontrarnos, y lo único que esperaba era que no terminaran con nosotros.

—Por culpa de ustedes perdí mi reino, pero lo que es peor, ahora ya no puedo andar como antes. Esa bala destruyó parte de mi cadera —dijo Mona, acercándose a la cubierta.

—Lo siento, era tu vida o la nuestra —le contesté.

—El único que se ha mantenido fiel a mí ha sido Elías. En cuanto nos hagamos con el remedio, tendremos un poder que nadie podrá discutirnos ni arrebatarnos. El poder sobre la vida y la muerte —dijo Mona.

Sentí un escalofrío al escuchar sus palabras. Nadie tenía el poder sobre la vida y la muerte. Si algo había seguro era que, más tarde o más temprano, todos íbamos a morir, pero pensé qué sería capaz de dar para prolongar un poco más mi vida. Me quedaban apenas unas semanas, y después todo podía pasar. Lo peor, sin duda, era convertirse en un gruñidor, aunque prefería pensar que todavía había una esperanza de que las cosas cambiasen.

—A ti te quedan algunos años para comprenderlo, pero ya comprenderás que la vida es muy corta, aun si logran la cura —le comenté.

—No importa cuánto vivamos, lo que sí quiero es asegurarme una buena vida. ¿Piensas que me conformo viviendo como los miserables de tus amigos? Yo no quiero ir de un lado al otro escapando de los gruñidores o de otros humanos —dijo Mona muy seria.

Escuchamos pisadas, y unos segundos más tarde vimos al resto de nuestros compañeros. Ya era la hora. Teníamos que llevar a cabo nuestro plan. No podíamos estar ni un minuto más con Mona y Elías, pensé mientras preparábamos los equipos. Prefería estar sin armas ni alimentos en una ciudad infestada de gruñidores, que en manos de ellos.

Capítulo III

LA CIUDAD FANTASMA

LAS BARCAS NEUMÁTICAS RECORRIERON LENTAMENTE el golfo y detuvieron los motores un poco antes de llegar a la orilla. El puerto 80 estaba completamente vacío. No había ninguna embarcación, como si los habitantes de la ciudad hubieran escapado de ella tomando todo lo que pudiera flotar. No había luces, pero la luna nos permitía ver claramente el hangar al aire libre con los tranvías al fondo. No eran los que yo tenía en mente. Los vagones eran muy modernos, de color plata, y llevaban unas grandes placas solares en el techo. El plan era avanzar en esos aparatos desde la calle Mark hasta la calle Castro, y desde allí tendríamos que llegar al hospital por nuestros propios medios.

Bajamos de las barcas; yo corría junto a Mary y Katty. Susi, Mike y Elías estaban en el grupo de Mona. Delante teníamos una inmensa explanada al aire libre que no me gustó nada. Estábamos demasiado expuestos y cualquiera podía vernos. Corrimos con todas nuestras fuerzas, y diez minutos más tarde estábamos al otro lado, junto a unos edificios de una compañía de transporte. Una alambrada nos separaba de los tranvías. Uno de los esbirros de Elías abrió la alambrada y nos introdujimos por una minúscula abertura. Después corrimos de nuevo hasta los vagones.

—¿Cómo se abre esto? —preguntó Elías mientras intentaba forzar la puerta de uno de los trenes.

Le enfocamos con las linternas, pero nadie sabía qué hacer hasta que Mary vio un interruptor rojo en la parte inferior.

—Prueba con eso —dijo señalando el botón.

Elías apretó varias veces, pero no pasó nada. Sin duda, la batería estaba descargada, ya que el tren llevaba siete años detenido.

Nos miramos unos a otros. Todos pensamos que era hora de regresar a los botes, pero nadie dijo nada.

Entonces escuchamos los primeros gruñidos. Una veintena de gruñidores estaba entrando por el agujero que habíamos hecho en la alambrada, y no parecían tener muy buenas intenciones. Sin duda hacía mucho tiempo que no tenían carne fresca, y nosotros éramos su desayuno.

—¡Abre eso! —gritó Mona.

—¿Estás loca? —le dijo Susi—. Si continúas gritando, vendrá media ciudad detrás de nosotros.

Tanteé el vagón y me acerqué al otro lado, donde se sentaba el conductor. Afortunadamente, la ventana estaba medio bajada. Logré colarme y enfoqué mi linterna al cuadro de mandos. Había muchos botones y luces, pero no sabía para qué servían. Comencé a tocar todos a la vez, pero no parecía que ninguno respondiera.

—¡Date prisa! —gritó Mona.

Los gruñidores estaban muy cerca, y apenas nos quedaba tiempo. Miré al suelo y vi una palanca. Tiré con todas mis fuerzas y las puertas se abrieron en medio de un espantoso chirrido. Todos entraron y volví a cerrar las puertas desde dentro.

La veintena de gruñidores se había convertido ya en medio centenar que no dejaba de golpear los cristales e intentaba abrir la puerta. Seguí apretando todos los botones sin mucho resultado, hasta que Mary me quitó de los mandos y se sentó en el asiento del conductor.

—Alúmbrame —ordenó.

Miró atentamente los mandos y empujó con suavidad una manivela. Las luces de los vagones se alumbraron, y el sonido de los motores eléctricos nos hizo dar un suspiro de alivio.

Un gruñidor se lanzó contra el cristal del conductor y Mary dio un respingo, pero al final aferró los mandos y el tranvía comenzó a moverse.

Mientras los focos del vagón iluminaban la vía, los gruñidores se aferraron al tren para no dejar escapar su presa, pero en cuanto comenzamos a tomar velocidad, la mayoría fue cayéndose por el camino. Salimos del puerto con la mirada puesta en la pequeña franja luminosa que mostraban los focos. San Francisco parecía adormilada, cuando en realidad estaba muerta, pero al menos nos encontrábamos en un confortable tren circulando seguros en medio de las sombras.

Capítulo IV

ATRAPADOS

EL TRANVÍA CIRCULABA SILENCIOSO POR la calle Market cuando escuchamos por primera vez el helicóptero. Miré al cielo estrellado y dos potentes focos de luz me deslumbraron. Nos habían localizado. Teníamos que dejar el tranvía cuanto antes.

—Apaga las luces, Mary —le dije a mi amiga, que parecía más concentrada que nunca en manejar el tren.

—Pero puede que haya algún objeto en la vía —se quejó.

—Mejor para todos. Hay un helicóptero sobrevolando la ciudad —le contesté.

Elías se acercó por la espalda y me empujó a un lado. Caí al suelo y me golpeé con la puerta. Katty se agachó para ayudarme, mientras Mary comenzaba a gritar. Después frenó en seco y todos salieron despedidos hacia el frente.

Cuando Elías logró recomponerse, se acercó a Mary y la amenazó.

—Si quieres que tus amigos continúen con vida, será mejor que pongas este trasto en marcha.

Mi amiga no reaccionó, por eso Elías la sacó del asiento del conductor y puso a uno de sus matones para que condujera el tranvía.

En ese momento escuchamos las hélices del helicóptero sobre nuestras cabezas. El sonido era muy fuerte, por lo que debía de estar a escasa altura.

—No lo enciendas —dijo Elías, pero la orden llegó demasiado tarde. El tren brilló como un faro en medio de la noche.

El helicóptero regresó y nos alumbró con sus grandes focos. Después escuchamos una voz distorsionada por los altavoces.

—No se muevan de aquí. Están detenidos por orden del Nuevo Gobierno de Estados Unidos de América.

Intentamos mirar al aparato, pero su luz nos cegaba. El sonido había atraído a cientos de gruñidores que pululaban por los alrededores o se pegaban al cristal del tranvía.

—No podemos quedarnos aquí —dijo Mona.

—Nos dispararán si ponemos el tren en marcha —le contestó Mary.

—Los gruñidores romperán las puertas y entrarán —contestó Mona señalando las ventanillas.

El grupo de gruñidores era tan grande que apenas había un cristal libre. Todos nos separamos de las ventanas instintivamente. Mary y Katty se acercaron a mí, pero Mike y Susi estaban en el otro vagón.

—Nos quedaremos —dijo Elías, pero apenas había acabado de hablar cuando los gruñidores comenzaron a golpear el vehículo con fuerza.

—¡Arranca! —grité al conductor.

El helicóptero disparó una ráfaga de balas, y el grupo de gruñidores se dispersó. Unos minutos más tarde, cuatro inmensos Humvee pintados de camuflaje llegaron hasta nuestro tranvía. Lo que parecían diez marines con máscaras antigás se situaron a los lados del tranvía y nos pidieron que saliéramos. El matón de Elías abrió todas las puertas, y salimos de uno en uno. Desarmaron a los chicos de Elías y después nos cachearon a todos. Colocaron unas bridas en nuestras muñecas y nos introdujeron de cuatro en cuatro en los vehículos.

Los Humvee salieron de la calle y se dirigieron a toda velocidad hacia el norte de la ciudad. El cielo comenzaba a clarear cuando atravesamos el puente Golden Gate. No me atreví a hablar a mis amigos, pero aquello me olía mal. Nos alejaba de nuestro objetivo.

Nos detuvimos ante una caseta, de la que salieron cuatro soldados. Después nos flanquearon el paso, pero tardamos más de quince minutos en llegar al centro del complejo. Estábamos en el presidio de San Quintín.

CAPÍTULO V

EL NUEVO ESTADO

NOS SACARON DE LOS VEHÍCULOS a toda prisa, y corrimos desde el patio central hasta uno de los pabellones. La cárcel estaba repleta de niños y niñas, pero también de chicos de nuestra edad. Nos separaron por edades. Mona y Mary se quedaron a un lado, otro grupo con los más mayores, pero a mí me alejaron del resto. Según edad y sexo nos llevaban a unas duchas especiales, nos facilitaban un mono naranja y después nos destinaban a la celda correspondiente. En aquella noche debían de haber capturado al menos a medio centenar de chicos como nosotros, porque todos esperamos en una enorme fila a que nos asignaran un número.

El largo pasillo de la celda estaba en penumbra. Algunos chicos dormían todavía, hasta que a las 6:30 los despertaban para el aseo y después el desayuno antes de entrar a trabajar. Me llevaron agarrado del brazo hasta mi celda y luego me empujaron dentro.

Me costó un minuto habituarme a la oscuridad; después observé las dos literas, una de las camas de abajo estaba vacía. Me tumbé sobre el colchón sin sábanas e intenté descansar un poco.

Una hora más tarde se encendieron las luces y pude contemplar la minúscula celda y a mis tres compañeros. Un chico asiático llamado Chan, que venía de Arizona; otro llamado Larry de Nevada; y un chico hispano de Nuevo México llamado Juan.

—¿Llegaste anoche? —preguntó Chan.

—Sí, nos atraparon cerca de la calle Market —comenté.

—¿De dónde vienes? —preguntó Larry.

—De Oregón. Hemos tenido que recorrer un largo viaje hasta llegar aquí —les dije.

—Todos nosotros también —comentó Juan.

—¿Por qué viniste a San Francisco? —preguntó Chan.

—Oímos rumores de que podía haber una cura —les contesté.

—Eso fue lo que nos atrajo también a nosotros, pero aquí existen ciertas jerarquías. No dan la cura a todos; primero tenemos que pasar unos test psicológicos y físicos. Comprueban nuestra inteligencia y nuestra resistencia genética, y los mejores pasan al programa de reubicación. Al parecer han liberado toda la zona alrededor de la ciudad de San Diego. Allí van los elegidos, y el resto nos quedamos aquí para trabajar; cuando cumplimos los dieciocho... —Larry hizo un gesto con el dedo en su cuello.

—Siento decirte —comentó Chan— que muy pocos mayores de diecisiete años son aceptados.

Aquello no me preocupaba mucho. Estaba comenzando a asumir mi cercana muerte, pero no me cansaría de intentarlo. Mis padres me habían enseñado que siempre tenemos que terminar lo que comenzamos por duro o difícil que se muestre nuestro objetivo. Los obstáculos deben servirnos como alicientes para conseguirlo.

—Hoy te llevarán al examen —dijo Juan, sacándome de mis pensamientos.

Mientras el resto de mis compañeros se aseaban en el lavabo, me limité a mirar al otro lado de las rejas. El sol penetraba por grandes ventanales, vertiendo su luz sobre la larga galería de tres pisos. La pintura desconchada de las paredes y el olor a orín y vómito no era lo más repugnante de aquel lugar; lo que realmente me revolvía las tripas era que lo que quedaba del gobierno de mi país apoyara aquel sistema.

Se escuchó una sirena, y todas las puertas de las celdas se abrieron con un estridente sonido metálico. El pasillo se llenó de chicos de todas las razas vestidos de naranja, que caminaban ruidosos hasta el comedor. Apenas había recorrido unos pasos cuando uno de los guardas me detuvo.

—Sígueme —dijo sin más explicaciones.

Caminamos por un pasillo lateral hasta un recibidor, atravesamos una puerta de seguridad y fuimos por un pasillo pintado de verde oscuro, con puertas de hierro grises. Tomó el manojo de llaves que llevaba colgado del cinturón y abrió la puerta, y después yo pasé a la sala iluminada. Las paredes blancas proyectaban la fuerte luz de varios fluorescentes; un espejo en una de las paredes, una mesa metálica y dos sillas eran todo el mobiliario de la sala.

—Espera un momento —dijo escuetamente el guarda. Después cerró con llave la puerta y se escucharon unos pasos que se alejaban.

Me quedé pensativo. No había nada que mirar, y aquella tranquilidad logró relajarme por completo. El recuerdo de Patas Largas y su trágica muerte, la situación con Susi, el lío que tenía en la cabeza con Katty y otras ideas se me agolparon en la cabeza. Pensar es a veces doloroso, pero prefiero hacerlo que vivir la vida como un autómata, moviéndome por inercia.

La puerta se abrió, y entraron un hombre y una mujer. Él era alto, musculoso, con la piel morena y el cabello cortado al cero. Ella era rubia, con el cabello rizado y peinado en un moño.

—¿Cómo te llamas? —preguntó la mujer después de sentarse y dejar una carpeta marrón sobre la mesa.

—Mi nombre es Teseo Hastings —contesté sin mucha gana.

—¿Ciudad? ¿Edad? —preguntó impaciente el hombre.

—¿Cómo se llaman ustedes? —pregunté.

El hombre se puso en pie furioso y me agarró de la pechera. Tenía tanta fuerza que me balanceó en el aire, hasta que la mujer le pidió que se detuviera.

—Por favor, Thomas.

—No aguanto a estos niñatos, y como él hay millones. Sería mejor que termináramos con todos y volviéramos a empezar. Llevan demasiado tiempo salvajes para saber a quién deben respetar —dijo furioso el hombre.

—No soy un criminal, pero me tienen en una cárcel. Lo único que quiero es que me ayuden; el tiempo se acaba y ustedes tienen una cura. ¿Por qué no le dan la medicina a todo el mundo? —le respondí ofuscado.

—No hay medicina para todos. Su producción es muy lenta y la enfermedad se convierte en crónica, por eso tenemos que seguir tomando dosis hasta que nos hagamos ancianos —me explicó la mujer.

—¿Con qué autoridad deciden ustedes quién ha de vivir y quién ha de morir?

—Somos funcionarios del estado y simplemente cumplimos con nuestro deber. Ahora será mejor que respondas; si no, tomaré tu informe y lo tiraré directamente a la basura —contestó el hombre.

Me tranquilicé un poco. No era buena idea descontrolarse en una situación así. Respiré hondo, y mi ritmo cardiaco empezó a calmarse.

—Vengo de Portland (Oregón) con mis amigos y mi hermano Mike, que está en otro pabellón. Creíamos que habían descubierto la cura y que se estaba organizando el gobierno —les dije.

—Todo eso es cierto, pero cada día llegan decenas de personas de todo el país. Casi todos los campos de control han desaparecido; este y otro en Florida son los únicos que quedan al sur del país. El espacio es limitado y tenemos que hacerte las pruebas —dijo la mujer.

—Adelante —contesté.

—Después te harán el control médico, pero quiero que me expliques qué se han encontrado en el camino y cómo han logrado llegar hasta aquí —me pidió la mujer que les explicara.

Les conté brevemente nuestra salida de Ione, el viaje a Portland, nuestro descubrimiento de los gruñidores, lo que pasó con Mona en Místicus y nuestro viaje hasta Reno. Aunque lo que más les sorprendió fue que los gruñidores se estuvieran organizando y las manadas de lobos salvajes mutantes.

—¿Estás seguro de que tienen un jefe que les está gobernando? —preguntó el hombre.

—Sí, atacaron Reno y lograron defender al ejército de la ciudad. Ustedes están más preparados, pero empiezan a ser cientos de miles —les dije.

—Es normal, ellos son muchos más. El gobierno calcula que no quedan más de diez millones de seres humanos en todo el país, pero puede que haya ciento cincuenta millones de gruñidores —dijo la mujer.

Me quedé de piedra. Eso significaba que más de 300 millones de personas habían muerto o se habían convertido en gruñidores. Recordé las palabras de mi padre; él siempre hablaba del pequeño remanente fiel cuando predicaba en la iglesia. «Muchos son llamados, pero pocos escogidos».

—¿Cuánto queda para que cumplas los dieciocho años? —preguntó el hombre.

—Cuarenta días —les dije.

—Es muy poco tiempo; no creo que el tratamiento surta efecto en ti, pues tus células ya han empezado a mutar —dijo el hombre.

La mujer le fulminó con la mirada, y después se dirigió a mí con una sonrisa.

—Han superado muchas pruebas. Queremos que hables con el Adelantado de la base, para que le cuentes lo que nos has contado a nosotros. Nuestros vuelos de reconocimiento habían detectado una gran emigración hacia el sur de los infectados, pero no sabíamos que lo estaban haciendo de forma organizada —dijo la mujer.

Los dos soldados se pusieron en pie. El hombre me hizo un gesto para que me levantara, y me llevaron por el largo pasillo hasta un todoterreno; después me montaron atrás con las manos esposadas y salimos de la prisión.

Aquella salida era lo último que me imaginaba, pero les había dicho algo que seguramente les había llamado la atención. El vehículo pasó todos los controles, y después abandonamos la prisión en dirección a San Francisco.

—Algunas partes de la ciudad son seguras —comentó la mujer—. Donde les encontraron ayer era una de las zonas calientes, pero todos los alrededores del Parque Nacional de Presidio sí están controlados. Queremos que conozcas al Adelantado.

El vehículo cruzó el Golden Gate entre niebla, como si el famoso puente estuviera situado encima de las nubes. Me apoyé en el respaldo y me limité a disfrutar del paisaje, mientras el aire de la mañana me daba en la cara, como si unos viejos amigos me estuvieran mostrando una de las ciudades más bonitas de la costa Oeste.

CAPÍTULO VI

EL ADELANTADO

EL PARQUE NACIONAL DE PRESIDIO era una de las zonas residenciales de la ciudad. Estaba muy próxima al centro, pero las casas se encontraban entre pequeños bosques y al lado de un inmenso campo de golf. Después de siete años, los bosques habían comenzado a recuperar su terreno y la naturaleza se desbordaba por todas partes. Disfruté de las hermosas vistas en la última parte del trayecto, hasta que nos detuvimos junto a unas hermosas casas de madera rodeadas por alambres y con vigilancia por todas partes.

Los soldados me llevaron hasta la casa más grande, que era un viejo edificio de apartamentos; y tras pasar otro control, llegamos al despacho del Adelantado. No era un cuarto muy grande, pero parecía acogedor. Las paredes estaban forradas de madera oscura, tenía varios diplomas colgados en las paredes, algunas estanterías con libros y un viejo escritorio desgastado. El hombre que nos recibió era muy gordo, con una papada enorme, los ojos saltones de color negro y completamente calvo.

—Señor, le traemos a Teseo Hastings. Viene del cuadrante norte; al parecer ha divisado a los infectados, y nos ha informado de que vienen hacia la ciudad de manera organizada —dijo el hombre.

—Está bien. ¿Pueden dejarme a solas con el joven?

Los dos soldados se retiraron y el Adelantado me miró por unos instantes; después se puso en pie y se acercó a un mapa de Estados Unidos.

—Tú vienes de...

—Oregón, señor —le contesté.

—¿Qué ruta seguiste?

Le expliqué brevemente la ruta, y él estuvo asintiendo con la cabeza. Después le conté los detalles del viaje.

—Entonces, la primera vez que vieron a ese supuesto líder fue en Oregón —dijo el Adelantado.

—Sí, señor.

MARIO ESCOBAR | 24

—Eso quiere decir que se hacen cada vez más fuertes y están más organizados; dentro de poco estarán a las puertas de la ciudad. San Francisco no nos preocupa tanto, pues este es un punto de recogida, pero en dos semanas estarán en el sur. Todo lo que hemos construido en siete años puede desmoronarse —dijo el hombre.

—Entiendo, señor.

El Adelantado regresó a su silla y se puso a hojear unos papeles. Después abrió uno de ellos y lo colocó encima de la mesa.

—Nos están llegando correos de todo el país. Al parecer, los infectados se están organizando en todas partes, pero el grupo más grande puede que sea el nuestro —dijo el hombre.

—Es lógico, ya que vivimos en una de las zonas más pobladas de Estados Unidos —le comenté.

—Necesitamos que te unas a un grupo de expedición. Si localizas al jefe y lo eliminas, te prometo que te daré la cura —dijo el Adelantado.

Aquello me pilló completamente por sorpresa. No había imaginado que me pudiera hacer un ofrecimiento de ese tipo.

—Con una condición —contesté.

El Adelantado me miró con los ojos muy abiertos. Seguramente no esperaba que le pusiera condiciones.

—Necesito que unos amigos me acompañen; llevo con ellos desde que comencé mi viaje y no puedo defraudarles —le comenté.

El hombre lo pensó antes de responder. Por unos instantes creí que iba a decir que no, pero se dio vuelta y, tomando un papel de encima del mueble, me dijo:

—Dime los nombres. Podrán ir contigo, pero a ellos no les prometo la medicina; dependerá de sus propios test.

No sabía el margen de negociación que tenía, pero sí sabía que no iba a traicionar a mis amigos.

—Ellos también tomarán la medicina —le contesté.

El Adelantado refunfuñó; después le dicté los nombres y, tras apuntarlos, llamó con un timbre a los soldados que esperaban en la entrada.

—Equipen a este chico y a sus amigos, y traigan al resto aquí. Mañana salen para una misión peligrosa, que les preparen una suculenta cena —dijo el Adelantado.

Los dos soldados se miraron sorprendidos, pero acataron las órdenes y fueron a buscar a mis amigos.

Una hora más tarde, estábamos todos reunidos alrededor de una mesa repleta de comida. Comimos a dos carrillos, bebimos refrescos y repetimos los postres. Uno aprecia realmente la comida cuando le falta, y nosotros llevábamos mucho tiempo sin comer todas esas cosas.

—¿Cómo lo has conseguido? —preguntó Mike mientras comía a dos carrillos.

—Tenemos que volver a Reno —le contesté escuetamente.

—¿A Reno? —preguntó Susi—. Volver allí es firmar nuestra sentencia de muerte.

—Simplemente hay que localizar al jefe de los gruñidores y traérselo al Adelantado; si se resiste, lo eliminaremos —les comenté.

Todos se quedaron en silencio. Les costaba asimilar lo que les había contado, y por eso me atreví a romper el silencio.

—Nos darán la cura y nos instalaremos en San Diego, donde están construyendo una ciudad nueva a prueba de gruñidores —les expliqué sonriente.

—Lo que quieres decir es que para llegar al cielo, tendremos que pasar antes por el infierno —dijo Susi con el ceño fruncido.

Mis amigos eran unos desagradecidos. Yo les había salvado la vida, pero ellos en lo único que pensaban era en vivir en una cárcel el resto de sus miserables vidas.

Capítulo VII

CAMINO AL INFIERNO

POR LA MAÑANA, UN GRUPO de cinco soldados nos facilitó uniformes, equipos de asalto, botas y algunas armas ligeras. Nunca habíamos visto aparatos tan sofisticados, con lentes infrarrojos y cascos con comunicación. Mis amigos se pusieron muy contentos con los nuevos uniformes, aunque a Mary el suyo le quedaba grande.

Al mando del grupo estaba la sargento Michel. Ella se dirigió a mí cuando estuvimos equipados, para presentarse y darme las órdenes:

—Saldremos en diez minutos; tenemos que llegar al objetivo y regresar antes de 72 horas. Tenemos el combustible y los víveres limitados. Llevaremos dos vehículos, y usted viajará en el primero conmigo. Tendrá que servirnos de guía y reconocer al jefe de los infectados. ¿Lo ha entendido todo?

—Sí, pero si vamos con esos vehículos hasta el nido del jefe de los gruñidores, nos localizarán. Tendremos que dejarlos al llegar a la ciudad y manejarnos sin ellos —le comenté.

—Naturalmente, pero no olvide que son nuestra única manera de regresar. Según nuestros informes, los infectados están en Sacramento; abandonaron Reno hace una semana —dijo la sargento Michel.

—Eso nos acerca el objetivo, pero hace que tengamos menos tiempo para actuar. No tardarán en llegar a San Francisco —le comenté.

Nos montamos en los vehículos de asalto y salimos a toda velocidad hacia Sacramento. Mientras observaba las calles de San Francisco por la ventanilla, pensaba en que todavía había esperanza. Los seres humanos no podemos vivir sin un poco de luz que nos ilumine el camino.

CAPÍTULO VIII

INCIDENTES
IMPREVISTOS

LOS DOS HUMVEE LOGRABAN SORTEAR todos los obstáculos del camino. Si hubiéramos tenido esos magníficos vehículos, no habríamos tardado tanto en llegar a San Francisco, pero en esos momentos yo no tenía ninguna prisa por llegar al pequeño imperio del jefe de los gruñidores.

Salimos de la ciudad por la interestatal 80, cruzamos South Beach y llegamos a Oakland. La interestatal bordeaba el golfo hasta pasar Berkeley, pero al otro lado las casas quemadas, los autos volcados y la hierba cubriendo todo, nos dieron la impresión de estar llegando a las entrañas del mundo salvaje del que queríamos escapar. La ciudad se volvía a hacer y deshacer a medida que viajábamos hacia el norte. Habíamos llegado a invadir nuestro mundo y él, en cierta manera, se estaba vengando. Aunque yo sabía que en el fondo era algo más profundo: tenía que ver con una lucha milenaria entre el bien y el mal.

Cuando los Humvee pasaron Vallejo, el paisaje comenzó a parecer más seco; al menos la gran interestatal parecía bastante despejada. Tras una hora de camino ininterrumpido no nos habíamos cruzado con nadie, pero teníamos la impresión de que aquella calma era pasajera.

Fairfield parecía estar también despejado, pero en algunos lugares se veían gruñidores en pequeños grupos. Eran la avanzadilla de su gran líder; en unos días se convertirían en miles y, quién sabe, tal vez en millones.

—¿Vinieron por este camino? —preguntó la sargento Michel.

—Sí, pero pasamos muy rápido. Hicimos noche en Davis, muy cerca de Sacramento —le contesté.

—Lo malo de esta zona es que es muy llana; apenas hay sitios para ocultarse, nos verán desde millas de distancia —comentó la sargento.

—Por eso deberíamos dejar los vehículos cerca de Davis y llegar a la ciudad a pie —le comenté.

—¿A pie? —preguntó Susi, que estaba en mi transporte.

—Es lo más seguro —le dije, dándome la vuelta.

—Lo más seguro es quedarnos en este cacharro. Cada vez se ven más gruñidores, no llegaríamos ni a las afueras de la ciudad —dijo Susi.

—Tes tiene razón —intervino Mary.

Susi frunció el ceño. Mary había sido su mejor amiga, pero desde que habían estado separadas, ella se había acercado más a mí.

—Siempre le das la razón en todo —se quejó Susi.

—No le doy la razón, pero con estos mastodontes llamaremos la atención demasiado pronto y su jefe mandará miles de gruñidores para detenernos. Con las armas que llevamos podemos llegar a Sacramento sin necesidad de los vehículos —dijo Mary.

—Se está haciendo de noche. No iremos más al norte, nos quedaremos a las afueras de Davis —dijo la sargento Michel.

Comenzaba a anochecer. Los vehículos se salieron de la carretera y acampamos en un parque. Al menos los árboles nos ocultaban en parte de la vista. Estacionamos sobre el césped, de espaldas al pequeño lago. A los gruñidores no les gustaba el agua, y al menos tendríamos un flanco protegido.

Salimos de los vehículos y comimos en silencio una comida en lata. La noche era templada, el cielo estaba despejado y podían verse las estrellas con claridad.

Katty se acercó hasta mí. Estuvimos contemplando el cielo en silencio, hasta que ella comenzó a hablar.

—La verdad es que ha pasado todo muy deprisa. Parece que nos conocemos desde hace años, pero apenas sabemos nada el uno del otro. Tal vez fui un poco impulsiva el otro día.

Aquello me sonaba a evasiva, pero estaba dispuesto a seguirle el cuento. La miré muy serio, pues odiaba que las chicas jugaran con mis sentimientos. No tenía tiempo para juegos; me quedaban apenas cuarenta días y quería aprovecharlos al máximo. Una de las ventajas de saber que tu muerte está cercana es que dejas de valorar lo superfluo y comienzas a dar importancia a lo que realmente lo tiene. Llevaba desde los doce años enamorado de Susi, y no iba a echarlo todo por la borda por Katty.

—Lo entiendo, Katty, no nos conocemos. Hemos pasado cosas muy difíciles juntos y eso nos ha unido, pero sin duda no se trata de amor. Gracias por ser tan comprensiva —le contesté.

La chica se puso furiosa; se levantó con aspavientos y se metió en uno de los vehículos. Katty era de ese tipo de chicas a las que no les gusta perder el control. Susi me miró. Después me sonrió y se separó un poco del grupo. La seguí hasta el otro lado del pequeño campamento.

Su bonita sonrisa me recibió, como si las últimas semanas hubieran desaparecido de repente. Al fin y al cabo, ella había ganado la batalla, pero enseguida me di cuenta de que no me iba a poner las cosas fáciles.

—Susi —le dije.

—No hables. Únicamente quiero que sepas que te he extrañado, pero tendrás que ganarte de nuevo mi confianza —dijo triunfante.

Me quedé con la boca abierta. La miré a los ojos, y justamente en el momento en que iba a hablar, escuché un susurro que me heló la sangre. El vello de la nuca se me erizó al darme cuenta de que ya estábamos rodeados.

CAPÍTULO IX

LUCHANDO EN LA NOCHE

NO SABÍAMOS DE DÓNDE HABÍAN salido ni por qué no les habían detectado los vigilantes. Daba la impresión de que nos estaban esperando en mitad de las sombras. A diferencia de otras veces, el ataque parecía premeditado y bien organizado. En pequeños grupos de diez gruñidores, con uno de ellos como líder, se abalanzaron contra nosotros y lograron sorprendernos.

—¡Hagan un círculo! —ordenó la sargento Michel.

Intentamos unirnos y poner espalda contra espalda, pero dos de los soldados fueron atrapados por los gruñidores y desarmados. Cuando comenzamos el tiroteo, me di cuenta de que Katty no estaba en el círculo.

—¿Dónde está Katty? —pregunté a Mary.

—No lo sé —comentó. Después sacó el teléfono por satélite y me preguntó: — ¿Pedimos ayuda a la base?

La sargento negó con la cabeza y continuó abatiendo gruñidores. Miré a mí alrededor y vi cómo dos gruñidores mujeres se llevaban a Katty.

—Cúbranme, voy a buscarla —les dije antes de abandonar el círculo.

Corrí lo más rápido que pude. Los gruñidores se lanzaban a mi cuello, y a los que no lograba esquivar tenía que eliminarlos con mi arma. Cuando llegué hasta el vehículo militar, observé cómo sacaban a Katty del claro y la introducían entre los árboles.

Un gruñidor gigante se puso delante de mí interrumpiéndome el paso. A pesar de dispararle, parecía no inmutarse. Le empujé con todas mis fuerzas y logré derrumbarle; me puse sobre él, pero logró zafarse y me lanzó contra el vehículo. Noté el impacto en la espalda, pero no podía quedarme quieto. Me recompuse y, sacando mi cuchillo, se lo hinqué en la barriga. Una sangre muy oscura, casi negra, salió de su vientre, y el gruñidor cayó de rodillas. Perseguí a Katty, pero no llegué a rescatarla; decenas de gruñidores la rodeaban cuando la vi por última vez.

Regresé corriendo a buscar al resto de mis compañeros; decenas de cuerpos les rodeaban, y los gruñidores habían logrado atraparles. La única que resistía era Susi subida a uno de los vehículos. Disparé a los que estaban más cerca y la llamé. Ella saltó al otro vehículo, y después corrimos hasta el lago y nos lanzamos al agua. Los gruñidores se quedaron gruñendo en la orilla, mientras nosotros nadábamos lo más rápido posible hacia la otra laguna. Cuando llegamos allí, salimos del agua y nos dirigimos hasta lo que parecía una granja con caballos.

—Miremos en las cuadras —dije a Susi mientras abría el portalón.

—No creo que haya animales vivos aquí —contestó mi amiga.

La oscuridad no nos dejaba ver nada, pero escuchamos la respiración de los animales y el golpeteo de los cascos contra la madera. Nos acercamos en silencio hasta el primer animal, que parecía muy asustado.

—Tranquilo —le dije en un susurro.

Entonces escuchamos unos pasos, y un chico de unos quince años nos alumbró con su linterna. En la otra mano portaba una enorme escopeta.

—¿Qué hacen con mis caballos? —preguntó.

—Nos siguen... —dijo Susi.

El chico nos miró con cierta incredulidad, hasta que los gruñidores comenzaron a arañar las paredes de las caballerizas. Le miramos con inquietud, pero el chico subió la escopeta y nos gritó que nos marchásemos. No sabíamos qué hacer. Nos quedamos quietos, hasta que los primeros gruñidores entraron por las cuadras. El chico comenzó a dispararles, y aprovechamos para saltar sobre el primer caballo y escapar al galope. Aunque al llegar a la entrada, vimos que los gruñidores estaban comenzando a taponarla. Escuchamos varios disparos a nuestras espaldas, y un par de gruñidores cayeron muertos al suelo. Apreté los pies contra el lomo del animal y él, superando el miedo, saltó sobre las cabezas de los gruñidores y salimos a campo abierto.

Cabalgamos una hora hasta llegar a Sacramento. Allí dejamos libre al animal e intentamos calmarnos un poco. Nuestras ropas ya se habían secado, pero comenzaba a asaltarnos el hambre. Apenas nos quedaba un poco de chocolate y algo de agua. Tomamos el frugal desayuno e intentamos pensar qué era lo mejor que podíamos hacer.

—Regresemos en busca de ayuda —dijo Susi.

—Cuando queramos volver nos estarán esperando; además, no creo que mantengan con vida a nuestros amigos mucho tiempo —contesté.

—Tienes razón, pero ¿qué podemos hacer nosotros contra miles de monstruos como esos? —preguntó Susi con la voz quebrada.

Me acerqué a ella y la abracé; sabía que en ciertos momentos las palabras son los estorbos que nos separan de los demás. Pasamos unos minutos en silencio, notando al otro, como si su simple contacto fuera suficiente para infundir aliento.

—No sabemos lo que nos puede pasar, pero Dios nos protegió hasta este momento. Creo que tengo una misión que cumplir, y que no sucederá nada hasta que no logre realizar esa tarea —le dije, intentando transmitirle seguridad.

—Me encanta tu forma de ver las cosas. Cuando todos tiramos la toalla, tú siempre tienes fuerzas para seguir adelante —dijo Susi, algo más calmada.

—No podemos perder la fe. Es lo único que nos queda; siempre ha sido el combustible que ha movido el mundo, sobre todo cuando las cosas van mal. Confío mucho en que Él me guía, y en sueños me lo ha dicho muchas veces.

Los ojos de Susi brillaron en la noche y comenzó a llorar. Nos abrazamos mientras el día amanecía. Cada mañana era una nueva oportunidad para intentar ser felices. No importaban las circunstancias; la fuerza de nuestro interior era mucho más poderosa.

CAPÍTULO X

AYUDA INESPERADA

SUBIMOS AL HELIPUERTO DE UNO de los edificios más altos de la Avda. Capitol Mall en Sacramento. Nos había costado llegar al centro de la ciudad sin ser vistos. La sensación que teníamos a medida que nos adentrábamos era la de aproximarnos a una colmena, en busca de la abeja reina. Los gruñidores protegían a su líder en cientos de círculos concéntricos cada vez más densos, pero justamente en el corazón, en la antigua sede del Capitolio del Estado, era casi imposible penetrar sin ser vistos.

—¿Cómo entraremos allí? —preguntó Susi señalando el horizonte.

Miré de nuevo con los prismáticos; la verdad era que era la primera vez que no tenía ningún plan. Me sentía perdido, pero algo había que pensar.

—¿Cómo podemos llegar a la abeja reina sin revolver a toda la colmena? —pregunté en voz alta.

—Los apicultores utilizan humo, pues al parecer relaja a los insectos o los aturde —dijo Susi.

—¿Qué aturde a los gruñidores? —pregunté.

—El agua, el fuego, el humo...

—El fuego creo que es la clave —dije—. Tenemos que provocar un gran incendio, pero antes hay que averiguar dónde está exactamente el líder.

—No es difícil de adivinar, me temo que está en algún salón del Capitolio —dijo Susi—. Aunque veo un fallo en tu plan. ¿Cómo sacaremos a nuestros amigos con vida? Puede que el fuego sea muy peligroso.

—Tendremos que asumir ese riesgo. Lo que no podemos es quedarnos con los brazos cruzados. Prepararemos los «fuegos artificiales», pero antes iremos por las alcantarillas hasta las inmediaciones del Capitolio. Será nuestra vía de escape —le dije mientras guardaba los prismáticos.

Bajamos por el edificio hasta la calle principal, abrimos una de las alcantarillas y nos introdujimos en los túneles. Ya habíamos

34 | MARIO ESCOBAR

hecho algo similar en Reno, pero las alcantarillas de Sacramento eran mucho más amplias y modernas.

Caminamos media hora en dirección este, y era muy difícil no desorientarse bajo tierra; afortunadamente llevaba mi brújula, y las calles se prolongaban en largas rectas. Las alcantarillas estaban más habitadas de lo que nosotros imaginábamos. De vez en cuando salía un grupo de ratas de gran tamaño, nos miraban con curiosidad y terminaban escapando por el agua, que todavía corría por el subsuelo.

—Creo que estamos debajo de la plaza que está frente al Capitolio —dije a Susi.

—¿Qué hacemos ahora? —preguntó mi amiga.

—Salir a la superficie —dije mientras subía la escalera incrustada en la pared.

Apenas había asomado la cabeza un poco, cuando vi tres o cuatro gruñidores caminando a plena luz del día.

—Están despiertos —comenté—, y va a ser difícil acercarse sin llamar la atención.

—Será mejor regresar y pensar otro plan —dijo Susi.

Escuché un gruñido detrás de mi cabeza. Intenté cerrar la tapa, pero el monstruo tiró de ella con fuerza. Solté la tapa y bajé a toda prisa.

—Nos han descubierto —comenté mientras caí al suelo.

—Tenemos que huir —dijo Susi.

Miré hacia arriba y vi las caras de media docena de gruñidores enseñándonos los dientes podridos y amarillentos. Corrimos por los túneles intentando regresar a las afueras de la ciudad, pero a lo lejos se escuchaban los pasos y quejidos de nuestros perseguidores. Llegamos a una bifurcación, pero no sabía por dónde ir.

—¿Cuál es el camino? —preguntó Susi impaciente.

—No lo sé. Con la carrera me he desorientado —contesté confuso.

—¡Pues tienes que decidir! —me gritó nerviosa.

Mientras miraba cada camino sin saber qué hacer, escuché una voz que me gritaba a lo lejos.

—¡Por aquí! —síganme.

Apenas distinguí una figura diminuta en la oscuridad. Corrimos tras él, aunque los gruñidores parecían pisarnos los talones. Tras una hora sin parar, estábamos exhaustos. La figura menuda iba dos o tres metros por delante, cuando se dio vuelta y nos dijo:

—Cuidado con esto.

Miramos al suelo y bordeamos la trampa, después seguimos camino. No habíamos hecho ni otros diez metros cuando varios gritos nos confundieron.

—Ya han caído —comentó la figura menuda—, en unos minutos llegaremos.

Los minutos se convirtieron en una larga media hora, pero al final salimos a la superficie. Estábamos en algún lugar que parecía un teatro. La alcantarilla daba a uno de los laterales de un largo pasillo, pero cuando llegamos a la pista central ya no me cabía la menor duda. Aquello era un circo.

—Bienvenidos al circo —dijo el hombre menudo.

—¿Quién eres? —preguntó Susi.

—Charles Foster, uno de los payasos principales del Circo Universal —dijo el enano con una reverencia.

Le miramos embobados. Aquel enano tenía más de dieciocho años; ¿por qué no era un gruñidor?

—Aquí nos guarecemos de esos monstruos. Antes no eran muchos, pero ahora hay miles, como si estuvieran celebrando una convención de chalados —dijo Charles.

—Se están congregando aquí para ir contra San Francisco —le comenté.

—¿Quiénes son ustedes? —preguntó Charles.

—Yo soy Tes y esta es mi amiga Susi. Hemos venido para liberar a unos amigos que han capturado esos gruñidores y a atrapar a su jefe.

El enano me miró con incredulidad, pues lo cierto es que era una locura intentar acercarse a aquel lugar.

—Nadie puede salir vivo del Capitolio. Está todo rodeado de monstruos, esa gente come carne...

—Ya lo sabemos —dijo Susi, que había logrado salir de su sorpresa.

—Les presentaré a los demás, seguro que están desayunando —dijo Charles.

Caminamos hasta lo que en otro tiempo debieron de ser los camerinos del circo. Allí había cinco enanos que nos saludaron efusivamente.

—No sé ve mucha gente cuerda por aquí. En la zona norte sabemos que hay más humanos, al parecer es una familia de gemelos; son cuatro parejas de gemelos. ¿No es increíble? —preguntó otro de los enanos llamado John.

No tanto como encontrar a seis enanos perdidos en mitad de Sacramento, pensé mientras nos sentábamos a comer. Charles les explicó nuestro plan y todos terminaron riéndose.

—¿Están hablando en serio? —comentó Scott.

—Sí, si nos ayudan, pediremos al Adelantado que les deje ir a la ciudad que están organizando al sur —contesté.

—Esa gente no salvará a seis enanos; para muchos seguimos siendo defectuosos, casi tan monstruosos como los tipos de ahí afuera —dijo Scott.

—Les prometo que les ayudarán. La ciudad está infestada de gruñidores, todavía llegarán más y arrasarán todo a su paso. Están cumpliendo las profecías, ¿no lo entienden? —les dije enojado. No entendía su tozudez, aunque estaba claro que lo único que deseaban era quedarse en su hogar.

Scott se levantó de la silla, y con el ceño fruncido me apuntó con el dedo.

—Nos piden que nos sacrifiquemos por gente que desconocemos y que luego arrasemos nuestra ciudad. Llevamos sobreviviendo aquí siete años, y podremos hacerlo más. Son bienvenidos a nuestro hogar, pero no podemos ayudarles.

El enano dejó el camerino y el resto se quedó en silencio, hasta que Charles nos contó la historia de Scott.

—No le tomen en cuenta su actitud, pues todavía no ha superado lo de Judit, el amor de su vida. Era una menuda como nosotros, la más bella que hemos visto nunca. Los dos estaban enamorados, y hacían un número juntos con dos leones albinos; pero hace una semana, mientras estábamos buscando comida, unos monstruos entraron y la mataron. Fue terrible para todos, pero él todavía no lo ha superado.

No supe qué responder. Estaba claro que dondequiera que fuéramos, veíamos a gente que lo había perdido todo.

—Lo entiendo, pero no podemos perder más tiempo. Nosotros lo intentaremos. ¿Saben dónde podemos conseguir explosivos? —les pregunté.

—Imagino que debe de haber buenos petardos en la sede del FBI, al norte de la ciudad, en la Avenida Lincoln —dijo uno de los enanos.

—Eso está a muchos kilómetros, y la única manera de llegar hasta allí es en un auto —comentó Charles.

—Pues tendremos que buscar uno —dijo Susi.

—Tenemos lo que necesitan —dijo Charles.

Nos llevaron a lo que parecían los antiguos estacionamientos del edificio. Había media docena de autos abandonados y medio destartalados, pero al fondo vimos un gran vehículo tapado con una lona gris. Los enanos desataron unas cuerdas y tiraron de la lona; una gran nube de polvo negro nos hizo toser, pero cuando esta se aclaró, apareció un hermoso camión rojo de bomberos.

—Lo reservábamos para ir al sur, pero ahora Scott no querrá dejar Sacramento —dijo Charles.

—Es de ustedes, no podemos dejarles sin él —comentó Susi.

—Ustedes lo usarán mejor. Si terminan con unos cuantos miles de monstruos de esos, estará mejor que bien empleado —dijo Charles.

—Gracias —les dije, mientras Charles me hacía un gesto para que subiera al vehículo.

—Tiene las llaves puestas, pero no intenten atravesar la ciudad, pues la marea de monstruos terminaría por detenerles; será mejor que den un rodeo por la interestatal 80 —dijo Charles.

—Muchas gracias —dijo Susi, mientras subía al camión de bomberos.

—No tiene importancia. Crucen el río de nuevo y verán la autopista —dijo Charles.

Giré la llave y el motor del camión se puso en marcha, como si hubiera estado esperando todo ese tiempo a que alguien le despertara de su letargo. Después fuimos lentamente hasta la salida, y los enanos corrieron a nuestro lado, abrieron la puerta del garaje y salimos al deslumbrante sol de California. Miré por el retrovisor mientras nos alejábamos del circo. Siempre podemos encontrar gente en nuestro camino que nos ayude a salir adelante, pensé mientras cruzábamos el río en dirección a la autopista.

Capítulo XI

EN LA SEDE DEL FBI

LA AUTOPISTA ESTABA MEDIO ATASCADA, pero afortunadamente el camión de bomberos podía desplazar los autos con facilidad y parecía que nada podía interponerse en su camino. La sede del FBI quedaba a la derecha, al final de la 244, entre la Avenida Lincoln y la Avenida Orange Grove. Se veía despejada de gruñidores y casi intacta. Nos acercamos al edificio federal y entramos al recinto sin mucha dificultad. No había puertas ni alambradas, tan solo algunos autos quemados en el estacionamiento.

Miré al conjunto de edificios e intenté adivinar en cuál de ellos podía haber explosivos.

—¿En cuál pueden estar? —pregunté señalando los edificios.

—No sé, tal vez en el más grande. Esas cosas se guardan en los sótanos, y ese parece el edificio más seguro —comentó mi amiga.

—Tienes razón, lo único que no me gusta es que se está haciendo de noche y puede que haya gruñidores por aquí. No nos quedan reservas de comida. Tengo la sensación de que esto se nos escapa de las manos —dije apoyando la cara sobre el volante.

—No te preocupes, todo al final saldrá bien; y si no sale bien, todavía no será el final —dijo Susi apoyando su brazo en mi espalda.

Lo único que me tranquilizaba era que al menos no me encontraba solo; Susi era la mejor compañía, aunque no quería ponerla en peligro. Lo único que me animaba a seguir en ese momento era rescatar a nuestros amigos y poder recibir la cura. Ahora sentía que cada minuto caía de mis manos como si se tratara de un gigantesco reloj de arena, pero creía que la esperanza de una vida más larga terminaría con la angustia que había en mi corazón. Estaba equivocado; la angustia no tiene nada que ver con el tiempo que nos queda, su origen está en la propia vida. ¿Cuántas veces has pensado que nada tenía sentido? La verdad es que nada lo tiene realmente. Todo lo que nos rodea un día desaparecerá, por eso me gustaba imaginar cómo sería el encuentro con mis padres y mi amigo desaparecido, pues algún día los vería en el lugar preparado para todos los que confían y ven más allá de lo que el resto percibe.

—¿Qué piensas? —preguntó Susi.

—Pienso que tenemos que entrar en ese lugar, cargar este camión de explosivos y lanzarlo contra ese bicho infecto que lidera a los gruñidores, sacar a nuestros amigos de allí y regresar a casa —le contesté a Susi.

—¿A casa? —dijo con el semblante triste.

—Sí, a nuestro hogar. Dondequiera que tú estés, será mi hogar —le dije.

Ella me rodeó con sus brazos pálidos y delgados y me dio un beso. Cerré los ojos, y por unos instantes la perfecta felicidad se concentró en aquella cabina de un viejo camión de bomberos.

Bajamos del vehículo y nos aproximamos con cautela al edificio; después registramos la planta primera y el sótano, pero sin ningún resultado.

—¿Dónde lo guardarán? —pregunté impaciente. El sol se pondría pronto y teníamos que buscar todavía comida.

Registramos el segundo edificio, pero tampoco encontramos nada, a excepción de varias bombas de humo.

—La tercera es la vencida —dijo Susi sonriente.

La tercera fue la vencida. En una sala cerrada con llave había un polvorín tan potente como para hacer estallar todo el centro de la ciudad de Sacramento.

Capítulo XII

CERCA DEL NIDO

ENCONTRAMOS UNAS LATAS DE JUDÍAS que pudimos calentar en una pequeña fogata. Por la mañana temprano nos aseamos en un arroyo cercano y nos dirigimos hacia el Capitolio. Por el día se veían menos gruñidores, y por eso no nos costó mucho llegar hasta los jardines del edificio, que se extendían por varias manzanas. Dejamos el camión y nos introdujimos de nuevo en las alcantarillas. Nuestro plan era muy sencillo: entrar en el edificio, localizar a nuestros amigos, capturar al líder y en la huida hacer estallar el camión; pero los planes nunca salen como uno los piensa.

Cuando llegamos hasta la parte baja del edificio, descubrimos unas rejas que separaban los sótanos del Capitolio de la red de alcantarillas. Volamos la puerta y entramos en las tripas del edificio. Desde allí se controlaban la electricidad, el agua y el gas del edificio. No vimos a nadie hasta el segundo sótano, donde había decenas de gruñidores durmiendo unos encima de otros, como si fueran ganado. Pasamos entre ellos sin hacer ruido, aunque el olor era tan pestilente que nos tapamos con el cuello de la guerrera la nariz y la boca.

Las escaleras estaban también repletas de gruñidores, hasta la planta primera. Podía haber millares dentro del edificio. A medida que ascendíamos, poníamos cargas de explosivos en las entradas para que al explotar las bombas bloquearan la huida de los gruñidores. En el amplio pasillo de la planta baja y en la escalinata, también pusimos varias bombas.

Mientras subías las escaleras recordé la cara de Michael Black; lo había visto en Reno la última vez, el jefe de los gruñidores era la personificación del propio diablo. Entonces noté su presencia. De alguna manera él sabía que yo estaba cerca, y comenzaba a despertar su ira.

—Sabe que estamos dentro del edificio —le dije a Susi.

—¿Cómo puedes intuirlo? —preguntó mi amiga.

—No entiendo qué me hace ver cosas; son como visiones y presentimientos. Una fuerza invisible está de nuestro lado, pero hay otro de su lado. Es la lucha de los siglos, pero ahora parece que el mal está a punto de vencer al bien.

—El bien siempre triunfa —dijo Susi.

—Eso espero —dije, mientras sentía cómo se me hacía un nudo en la garganta.

No podía enfrentarme de nuevo a él, pero si no lo hacía, ni mis amigos ni yo podríamos entrar en la ciudad que el gobierno estaba organizando al sur del estado.

—Será mejor que miremos en las plantas superiores —dije a Susi.

En la planta de los despachos tampoco había vigilancia, y aquello parecía más una trampa que otra cosa. Había sido demasiado fácil llegar tan lejos sin un solo impedimento.

Cuando llegamos a la segunda planta tuve la certeza de que nuestros amigos se encontraban allí, pero también el jefe de los gruñidores. Pasamos por un pasillo muy largo, sin prestar atención al edificio que milagrosamente parecía casi intacto. Al acercarnos al fondo del pasillo, vimos a dos gruñidores custodiando una puerta.

—Tenemos que eliminarlos sin hacer ruido —dije en un susurro a Susi, mientras reptábamos hasta los gruñidores.

Cuando estuvimos cerca, nos lanzamos sobre ellos y los neutralizamos sin hacer ruido. En los últimos meses nos habíamos convertido en unos expertos.

Abrimos la puerta lentamente, pues no sabíamos qué podía haber al otro lado. La habitación estaba a oscuras, pero un olor a podrido casi nos hace vomitar.

—Katty, Mary... —dije en voz baja.

Escuchamos unos gemidos; entonces encendí la luz de mi casco y vi a la sargento Michel, Mary y Mike amordazados y atados, pero no había ni rastro de Katty. Desatamos a nuestros amigos y estuvimos abrazándonos unos segundos, sin poder contener las lágrimas.

—Gracias a Dios que han venido, ya no aguantábamos más —dijo Mary abrazada a Susi.

—¿Dónde está Katty? —les pregunté.

—Se la llevó el jefe de los gruñidores, se acordaba de nosotros. Nos advirtió que vendrías a buscarnos; ese ser no parece humano —dijo Mary.

—Ninguno de esos seres son de este mundo —dijo la sargento Michel.

—Sí son de este mundo, son seres humanos convertidos en monstruos, pero siguen siendo personas —le contesté.

Escuchamos pasos por el pasillo, y nos pusimos en pie. No parecía que hubiera otra salida. Saqué mi arma y apunté a la puerta. El sonido de un centenar de gruñidores se escuchaba al otro lado de la puerta. Estaba dispuesto a morir si era necesario. Respiré hondo e intenté orar, pero cada vez que lo intentaba, la cara del jefe de los gruñidores se metía en mi mente. Entonces se abrió la puerta y todo se hizo oscuridad de repente.

CAPÍTULO XIII

MIEDO

EL MIEDO PUEDE LLEGAR A paralizarnos por completo. Recuerdo en una ocasión, antes de la Gran Peste, cuando con unos amigos nos aventuramos al otro lado de nuestro pueblo Ione. Llevábamos unos patines y las mochilas cargadas de muñecos. Nos instalamos cerca de un pequeño arroyo que únicamente tenía agua en invierno, porque queríamos probar unas pequeñas barcas de madera que habíamos tallado y jugar con nuestros muñecos. El agua estaba gélida, pero eso no impedía que mis amigos y yo disfrutáramos de la pequeña aventura de aquel sábado por la mañana.

No nos dimos cuenta de que se nos acercaban dos chicos mayores con muy mala pinta; nos rodearon, y a pesar de que nosotros éramos cuatro, no dejábamos de temblar. Los chicos querían que les diéramos nuestros juguetes y nos resistimos un poco, intentamos salir corriendo, pero las piernas estaban entumecidas por el miedo.

Esa fue la misma sensación que tuve al estar cara a cara con el jefe de los gruñidores. Sus ojos no eran humanos, pero sus facciones en cambio comenzaban a cambiar, como si a medida que los gruñidores recuperaban su inteligencia, también recuperaran su apariencia humana.

No me hablaba, pero de alguna manera conseguía entrar en mi mente, como si me leyera los pensamientos. Ese tipo podía oler mi miedo, como un perro rabioso, pero lo peor era que intentaba controlar mi mente.

—Otra vez nos vemos —dijo el jefe de los gruñidores cuando abrí los ojos.

Noté que no podía moverme. Levanté un poco la cabeza y me horrorizó pensar que estaba en sus manos, completamente atado por unas correas de cuero a una cama metálica.

—En esta sencilla mesa se han practicado algunas intervenciones en el pasado. Sabías que fui en mi otra vida senador, ¿verdad? Pero antes de ser senador, fui representante en esta cámara. Qué irónico. En aquella época yo era poco más que un crío idealista, con ansias de cambiar el mundo. No sabía nada de todo lo que se mueve en Washington, de lo difícil que es mantenerse limpio en un lugar como aquel. Luché contra el mal mucho tiempo, hasta que comprendí que el mal era mi aliado, no mi enemigo.

El discurso de aquella cosa era aun más repugnante que su aspecto. No era la primera vez que alguien se justificaba de aquella manera. Tomar el camino más sencillo y rápido era algo muy común, pero aquel tipo se había convertido en un monstruo.

—Quiero que nos libere y nos deje ir. No volveremos a cruzarnos en su camino —dije, intentando mostrar seguridad en mi voz.

—Eso no es posible. Desde el principio supe quién eras y para qué te había mantenido vivo Él...

Estaba hablando de Dios, pensé mientras de su boca salía una baba viscosa que le manchaba la camisa y la corbata ajada. A veces tenemos que escuchar una gran verdad de boca de un mentiroso. Sabía que, de alguna manera, yo tenía la fuerza para enfrentarme al mal y vencerle. Esa fuerza no era mía, sino que me había sido otorgada.

—Si te mato, la amenaza se acabará y podré seguir con mis planes, pero curiosamente, sé que no puedo hacerlo yo. Él no me deja —dijo de nuevo el jefe de los gruñidores.

Tuve ganas de llorar. No podía aguantar más la presión, pero contuve el aliento e intenté pensar en otra cosa. Sobre todo en que mis amigos me necesitaban; si yo me rendía, ellos no podrían sobrevivir.

—Entonces déjame ir...

—Intentará matarte uno de los tuyos, eso es lo que sé. No puedo hacerlo yo —repitió el gruñidor.

Salió de la sala con paso torpe y me dejó atado sobre el frío metal de aquella vieja mesa de operaciones, y entonces la tensión me pudo y lloré. Tenía pánico, no estaba preparado para luchar contra algo así. Los gruñidores estaban llamados a gobernar el mundo. La tierra sería un lugar aun más salvaje e inhóspito, pero por desgracia no mucho menos que antes de la Gran Peste. El mal y la oscuridad reinaban completamente; los pocos rayos de luz que brillaban en nuestro viejo planeta no tardarían en apagarse.

Intenté desatarme las correas de las manos, pero era imposible. Sacudí los pies, grité y pedí ayuda. No había nada que hacer. En ese momento me acordé de una vieja historia de la Escuela

Dominical. La historia de Sansón. Aquel hombre había sido un formidable luchador. Un israelita nazareo que había luchado contras los filisteos, un pueblo pagano muy fuerte que oprimía a los israelitas. Sansón fue traicionado por su propia mujer, perdiendo su gran fuerza. Mientras estaba atado en una especie de circo, para burla de sus enemigos, rogó para tener las suficientes fuerzas para destruir a los filisteos. Logró empujar una de las columnas del anfiteatro y cientos de sus enemigos murieron, aunque él también falleció entre los escombros.

Dios mío, ayúdame, pensé mientras tiraba con todas mis fuerzas de las correas, pero eran demasiado fuertes. Me quedé en silencio en medio de la oscuridad. Lo único que cabía esperar era un milagro, o todo estaría perdido.

CAPÍTULO XIV

UN PEQUEÑO MILAGRO

A VECES, LOS MILAGROS SON tan pequeños que nos pasan casi desapercibidos. Debía de haberme dormido agotado y sin fuerzas, cuando escuché en mitad de la oscuridad algo que se movía. Después escuché unos susurros y levanté instintivamente la cabeza. Una linterna me enfocó a los ojos, y por unos instantes me quedé completamente ciego. Cuando logré ver de nuevo, el rostro de uno de los enanos que habíamos conocido unos días antes me dedicó una gran sonrisa.

—Hola —dijo sin más, después me quitó las correas y di un salto al suelo.

A su lado estaban cuatro de sus amigos, que llevaban algunas armas, cascos y chalecos antibalas. Parecían un ejército de soldados de juguete. Aunque nunca he conocido a gente tan valiente.

—Hola —les dije, poniéndome sentado sobre la mesa.

Me dolía todo el cuerpo, en especial las muñecas y los tobillos, pues había estado muchas horas inmovilizado. Me ayudaron a ponerme de pie y Charles me ofreció un arma.

—Queda muy poco para que se vaya el sol, y te aseguro que saldrán de todas partes, como cucarachas. Creo que tienen planeado marcharse pronto, toda la colmena se irá hacia San Francisco. Podríamos habernos quedado sentados esperando a que desaparecieran, pero no podíamos dejarlos solos —dijo John, su jefe, que hasta ese momento no me había dirigido la palabra.

Salimos del cuarto con cuidado. Estábamos en alguna parte de la planta baja, junto al hemiciclo.

—¿Dónde están mis amigos? —pregunté.

—Están en el auditorio; al parecer lo utilizan como una especie de almacén de carne fresca —dijo Scott.

—¿Cuánto humanos puede haber encerrados? —le dije.

—Creemos que un par de centenares. No será fácil que nos capturen a todos —dijo John.

—Hemos colocado bombas —les comenté—, pero no podemos hacerlas explotar hasta que todos ellos salgan.

Los enanos se miraron sorprendidos. Aquello podía significar la condena a muerte para todos. Si los gruñidores salían del edificio, no podríamos detenerlos. Era consciente de ello, pero me aterraba pensar que alguien inocente pudiera morir por nuestra culpa.

Abrimos una de las puertas superiores del hemiciclo, el estrado desde el que los visitantes podían seguir las sesiones. No había gruñidores dentro; la luz era muy tenue, pero podía verse a los varios centenares de personas acostadas o caminando entre los escaños. Algunos estarían muertos, pero la mayoría parecía encontrarse en buen estado.

—Las puertas están encadenadas y hay dos gruñidores por cada una, tendríamos que neutralizarlos y romper los candados —dijo John.

—He traído algunas cargas explosivas —dijo Scott.

—Eso es demasiado ruidoso —les comenté.

—Pues tendremos que hacer algo al respecto —dijo John.

—Será mejor que pongamos las cargas. Tendremos unos diez minutos para salir corriendo y otros cinco para hacer que todo el edificio explote —añadió Charles.

Nos dividimos en tres equipos, uno por cada puerta. Las tres estaban muy próximas, por eso era importante utilizar el factor sorpresa. Los gruñidores parecían medio adormecidos, y únicamente portaban algunos cuchillos y machetes. No veíamos armas de fuego, lo que nos daba cierta ventaja.

Los enanos se lanzaron en cuerdas desde la escalinata superior y cayeron sobre los vigilantes. Estos apenas tuvieron tiempo para dar un pequeño gruñido antes de ser eliminados. Una vez liberadas las puertas, colocamos las cargas.

—Si hay gente cerca de las puertas, morirá —les comenté.

Gritamos a la gente que se alejara de las puertas, y un minuto más tarde las grandes hojas de madera de roble explotaron por los aires, en medio de una gran nube de humo y polvo. Ahora debíamos darnos prisa para conseguir escapar.

CAPÍTULO XV

LA CÚPULA

EN CUANTO ENTRAMOS EN EL hemiciclo, vimos el destrozo que habían causado las bombas. Los restos de madera y pared se habían alejado varios metros y había algunas personas magulladas. La gente estaba aturdida cuando nos acercamos, pero al ver la puerta despejada, los primeros corrieron hacia la salida. Era muy difícil encontrar entre la nube de polvo y la avalancha de gente a mis amigos, pero enseguida vi a mi hermano Mike y a Susi, que estaban junto a la sargento Michel, pero no había ni rastro de Mary ni de Katty.

Nos abrazamos por unos segundos, pero enseguida pregunté por el resto de nuestras amigas.

—Nos separaron, ellas dos deben de estar arriba —dijo Susi.

—Dios mío, no hay tiempo. Esto estallará en quince minutos —les comenté.

—Tienes que detener la explosión —dijo Susi.

—No podemos, esos gruñidores nos matarán a todos —le respondí.

—No puedes dejarlas —dijo Mike.

—Ustedes sigan a nuestros amigos —les comenté señalando a los enanos—, yo me encargaré de encontrarlas.

Mike me detuvo con el brazo, después agarró uno de los machetes del suelo y me dijo:

—Yo te acompaño.

Charles y Scott también se quedaron con nosotros, mientras el resto del grupo escapó por la entrada principal. Apenas había salido del edificio, cuando cientos de gruñidores comenzaron a subir por los sótanos hasta la primera planta. Corrimos escaleras arriba y registramos la primera planta sin ningún resultado. Los gruñidores estaban por todas partes y nos seguían, aunque logramos deshacernos de la mayor parte. En unos minutos estaríamos completamente rodeados.

—Tenemos que salir de aquí —dijo Scott.

—No me iré sin ellas —les contesté.

Las escaleras hacia la segunda planta estaban bloqueadas por decenas de gruñidores, que nos miraron con cierta indiferencia cuando comenzamos a ascender. Charles lanzó una bomba incendiaria y logramos abrir un pasillo entre aquellos monstruos. Cuando el humo se disipó estábamos al fondo del pasillo, pero algunos gruñidores venían hacia nosotros de nuevo. Miré el reloj; nos quedaban poco más de diez minutos para que todo estallara.

—Salgan de aquí —grité a mis amigos. Mientras, yo seguía abriendo puerta tras puerta.

—Vámonos —dijo Mike, intentado calmarme.

—¡No! —grité fuera de control.

—Por favor, Tes. No podemos hacer más —me suplicó mi hermano.

Un verdadero ejército de gruñidores avanzaba por el pasillo; era imposible escapar. Una vez más había puesto en riesgo la vida de mis amigos para nada.

—Las escaleras de la cúpula —dijo Charles.

Corrimos hasta las escaleras, mientras los gruñidores nos pisaban los talones. Al final de la escalinata había una puerta de metal cerrada. A nuestras espaldas se escuchaban los jadeos de aquel ejército de monstruos. Nos miramos confundidos. Aquello nos bloqueaba la salida de escape, pero tampoco podríamos hacer nada en la azotea. Estábamos atrapados. Ya no nos quedaba tiempo; en cinco minutos saltaríamos todos por los aires.

Capítulo XVI

SACRAMENTO VUELA

SCOTT SACÓ LA PISTOLA Y, tras dos intentos, en el tercero logró reventar la cerradura. Los gruñidores comenzaron a agarrarnos de las piernas, pero empujamos a la vez la puerta y caímos en medio de la cúpula. El aire refrescante del exterior logró despejarnos por unos instantes; taponamos la entrada y comenzamos a buscar desesperadamente una salida. La noche ya se había cernido casi completamente sobre Sacramento, y en cinco minutos la ciudad se iluminaría con la explosión. Intenté asumir mi muerte, pero algo en mi interior no quería que cediera, y me decía que siguiera intentándolo.

—Es inútil que corramos por las azoteas, no llegaríamos al otro extremo del edificio y, aunque llegáramos hasta allí, estamos muy altos para bajar a tierra —dije a mis amigos.

—Hay otra manera —comentó Scott subiéndose a la balaustrada. Después sacó una pequeña ballesta y disparó contra los gigantescos árboles de los jardines. La flecha se hincó en uno de los troncos gruesos y retorcidos, y Scott estiró la cuerda y la ató a una de las columnas.

—Espero que la cuerda aguante el peso de dos gigantones como ustedes —dijo el enano con una sonrisa. Después se desató el cinturón, lo enganchó a sus manos y lo colocó sobre la cuerda.

El pequeño hombre se deslizó con sigilo sobre el vacío, mientras en la gran explanada cientos de gruñidores corrían detrás de las personas que habíamos liberado.

Los gruñidores derrumbaron la puerta cuando Mike acababa de tirarse. Charles y yo tuvimos que dispararles mientras intentábamos colocarnos en la cuerda.

—No aguantará el peso de los dos a la vez —le dije—, será mejor que lo hagas tú primero.

El enano se deslizó por la cuerda, mientras los gruñidores alcanzaban la balaustrada. Me aferré a la cuerda, pero uno logró atraparme del pie y tirar de mí. Estuve a punto de perder el equilibrio, pero me aferré una vez más.

—¡Dios mío, ayúdame! —grité mientras quitaba al gruñidor con la otra pierna.

Me deslicé justamente cuando se escuchó la primera explosión. Mientras me deslizaba por la cuerda, cientos de fragmentos de piedra, ladrillo y teja comenzaron a caer por todas partes, una especie de temblor hizo que todo se moviera y la noche se iluminó con el fuego que salía por las ventanas del edificio. Un fuerte olor a pólvora inundó mi nariz. Estaba a un par de metros del árbol cuando la cuerda se soltó del edificio. Me balanceé hacia delante y choqué contra el árbol, después me solté de la cuerda y caí justo debajo.

No llegué a perder el conocimiento. El impacto no había sido muy fuerte, pero el humo y las explosiones tenían mis sentidos embotados, como si me encontrara en un sueño. Me giré y vi el edificio desmoronándose ante mí. Corrí todo lo que pude para alejarme, mezclándome con los gruñidores y la gente que intentaba llegar a la calle 10. Algunas de las palmeras estaban ardiendo. No vi a ninguno de mis amigos. La mayoría de los que escapaban eran gruñidores; había centenares. Otros muchos llegaban desde las calles aledañas para ver qué era lo que estaba sucediendo. En unos minutos aquello se convertiría en una trampa mortal. Me acordé del camión de bomberos con explosivos. Debía llevarlo hasta la avenida Lincoln y hacerlo estallar en medio de todos esos monstruos.

Intenté alejarme entre los árboles hasta rodear lo que quedaba del edificio del Capitolio. Los gruñidores estaban tan asustados que apenas tuve que preocuparme por ellos. El camión rojo brillaba entre las luces que la gran antorcha en la que se había convertido el edificio proyectaba sobre el centro de la ciudad.

Una vez en el camión, conecté el temporizador, después arranqué el camión y me dirigí de nuevo hacia la avenida Lincoln. Tuve que arrollar a varios gruñidores antes de llegar al otro lado. Una vez allí, contemplé cómo los gruñidores se agolpaban al lado del camión. Había miles. Pensé en quedarme en el camión, tal vez era esa la misión para la que había sido criado, como un nuevo Sansón sacrificándose por su pueblo. Esperé unos segundos; el temporizador estaba a punto de llegar a la hora límite. Respiré hondo y observé la multitud de autómatas que como en una manifestación de locos llenaban la inmensa avenida.

Capítulo XVII

LA HORA OSCURA

EL CORAZÓN ME LATÍA A mil por hora. Una sensación amarga me llenó la boca, como si fuera a vomitar. Me puse en pie dentro de la cabina. Después salí por la ventana. Abajo, miles de ojos me observaban; di un salto y caí sobre los gruñidores, después me introduje entre sus piernas y busqué la tapa de la alcantarilla. Me costó un par de segundos encontrarla y tirar de las anillas con todas mis fuerzas; después me metí dentro y volví a cerrar. El túnel estaba aun más oscuro que la noche, pero al menos no sentí el olor nauseabundo que desprendían los gruñidores. Corrí por los túneles tropezando una y otra vez, pero volviéndome a levantar. Cuando llevaba un par de minutos corriendo, escuché la explosión, después un fuerte olor a quemado y una ola de calor que se acercaba rápidamente. Era la onda expansiva.

Seguía corriendo cuando una especie de silbido me hizo girar. Una nube de fuego se acercaba a toda velocidad. No lo pensé más y me tiré al agua que corría paralela al túnel.

El contraste de temperatura volvió a despejarme, pero necesitaba salir de debajo del agua. Notaba el roce de pequeñas cosas que nadaban a mi lado. Imaginé que eran las miles de ratas y otros bichos que huían del fuego como yo. Saqué la cabeza fuera; el fuego había desaparecido. Me arrastré hasta el borde y salí de las malolientes aguas, comenzando a andar hacia la zona oeste.

Estaba perdido. Mary y Katty estaban muertas; no creía que hubieran sobrevivido a la explosión. Mike estaba con algunos de los enanos encaramado a un árbol, aunque la fuerte explosión que había provocado, posiblemente los habría alejado de la zona. Susi y la sargento Michel estaban con el resto de enanos, pero yo estaba solo en medio de las cloacas de Sacramento.

La única idea que se me pasó por la cabeza fue regresar al circo, pues parecía el lugar más factible al que acudir. Allí los enanos tenían otros vehículos, sus armas y su escondite. El único problema era que, al ser de noche, habría cientos de gruñidores merodeando por todas partes. Sería mejor que buscara un sitio en el que secarme y esperar a que se hiciera de día.

En la Calle L había un centro comercial, allí podría encontrar algo de ropa y posiblemente restos de comida.

Salí por una de las alcantarillas al lado del edificio. La calle parecía despejada. A lo lejos se veía el resplandor del fuego. No creía que el incendio afectara a toda la ciudad, pero tampoco descartaba que pudiera llegar hasta tan al oeste. Aunque afortunadamente, las calles en esta zona de la ciudad eran muy amplias y los edificios estaban muy separados unos de otros. Tendría que dormir con un ojo abierto y otro cerrado.

Entré en el edificio. La poca luz de la luna apenas se internaba unos metros en la primera planta. Tomé algunos trapos y un palo y me fabriqué una antorcha, y después caminé por los pasillos desiertos. El sitio había sido saqueado varias veces; todo estaba revuelto, los cristales de los escaparates rotos y parte de la madera de las paredes arrancada. Había restos de viejas fogatas, excrementos y huesos de animales.

Seguí caminando hasta lo que había sido un gran almacén. Allí todavía quedaban algunas latas, y conseguí un pantalón, una camiseta y una sudadera. Suficiente para pasar la noche y estar seco. Me cambié la ropa y me fui hasta la sección de muebles. Allí nadie había tocado nada, como si aquellos muebles fueran inútiles para sobrevivir a una hecatombe como la Gran Peste. Me tumbé en una de las camas y me quedé dormido.

CAPÍTULO XVIII

SALIENDO DE LA CIUDAD

LEVANTARTE CON LA SENSACIÓN DE que te estás asfixiando es lo más desagradable que te puede pasar, pero lo es aun más cuando al abrir los ojos encuentras a menos de una pulgada de distancia la cara de un gruñidor, repleta de gusanos y medio putrefacta. Me faltaba el aire. Aferré las manos de aquel monstruo, pero no logré quitarlas de mi cuello. Comenzaba a nublárseme la vista. La luz del sol entraba con fuerza por los tragaluces del techo, pero mis ojos poco a poco se apagaban. Entonces giré sobre mí mismo y logré ponerle debajo, separé sus dedos que se deshacían a medida que los arrancaba de mi cuello, después le golpeé en la cara y el gruñidor dio un gemido.

Me agaché, tomé mi cuchillo y terminé con él. Después tuve que sentarme unos segundos para recuperar el aliento. Sabía que los gruñidores casi nunca andaban solos, así que debía de haber otros por el centro comercial. Tomé mis cosas y salí de allí lo más rápidamente que pude.

Aquella mañana era brillante. El cielo azul resplandecía como únicamente puede hacerlo en California. Cuando bajé la vista, los edificios de una gran parte de la ciudad estaban todavía ardiendo, y el fuego parecía aproximarse lentamente.

Me dirigí caminando hasta la zona del circo. Eran dos o tres manzanas, pero tardé casi una hora en llegar. El edificio estaba intacto; no había señales externas de violencia, pero tampoco nada indicaba que hubiera alguien dentro. Busqué una entrada, pero estaban todas cerradas. Ascendí por uno de los laterales hasta una de las ventanas; después la rompí, quité los cristales rotos y entré.

La sala parecía una vieja oficina polvorienta. Aquella planta llevaba muchos años sin ser usada. Después descendí hasta los camerinos y las pistas, pero no había ni rastro de mis amigos.

Mientras registraba los garajes, no pude dejar de sentir el peso de la soledad. Aquel era el peor de los mundos para estar solo. Los peligros acechaban en cada esquina, los enemigos aparecían de repente, y sin alguien a tu lado era fácil caer en sus manos; pero lo peor de todo era sentir el inmenso vacío que rodea a la soledad.

Me dirigí hacia el viejo puente amarillo. Lo único que podía hacer era regresar a San Francisco con la esperanza de que mis amigos también se hubieran dirigido allí. Recorrería la interestatal 80, aunque fuera caminando. En tres o cuatro días estaría a las puertas de la ciudad. Esperaba que al menos las explosiones del día anterior hubieran acabado con la mayoría de gruñidores y que la amenaza sobre San Francisco y sobre todo San Diego hubiera desaparecido, pero no tardaría en descubrir que estaba de nuevo equivocado.

CAPÍTULO XIX

LA GRAN PEREGRINACIÓN

EL CALOR COMENZÓ A SER asfixiante a mediodía. El asfalto parecía arder bajo la intensa luz del sol, y al estar casi sin agua, comencé a sentirme muy cansado. No había desayunado nada, todavía tenía dolorido el cuello y apenas estaba en los suburbios de la ciudad. Tardaría mucho más de lo que había calculado. Mi única esperanza era encontrar un vehículo que funcionara, algo de combustible y comida.

Cuando llegué al punto en que la autopista se cruzaba con el bulevar Jefferson, pude ver a lo lejos algo que me inquietó. Parecía una gran culebra que se movía en el horizonte.

—Dios mío, son miles, tal vez decenas de miles —dije en voz alta.

Al parecer, el nido de gruñidores estaba casi intacto. Aunque miles hubieran muerto con las explosiones, otros muchos seguían su peregrinación hacia el oeste. La única esperanza que tenía San Francisco era que lograra adelantarme a los gruñidores y que evacuara a todos de la ciudad. Estaba claro que podía marchar más rápido que toda esa masa de gruñidores, pero sin un vehículo adecuado y teniendo que ir por un camino menos directo, apenas podría anunciarles con unas horas de anticipación la llegada de esa plaga.

Me desvié por la carretera 84 con la esperanza de encontrar alguna embarcación en el río, pero no encontré ninguna cerca de la ciudad. Al menos bebí algo de agua y me refresqué un poco. Aquella carretera se desviaba un poco, pero no demasiado.

Llevaba cuatro millas recorridas cuando vi a lo lejos una urbanización, y me acerqué con la esperanza de encontrar algo de comida. Las casas estaban abandonadas, y una gran tapia rodeaba toda la urbanización. Me encaramé a ella y salté al otro lado. Apenas había avanzado unos metros cuando unos ladridos me alertaron. Tres perros enormes corrían hacia mí mostrándome los colmillos; logré saltar hasta el tejado de un garaje y desde allí accedí a la casa por una ventana. Entré por lo que parecía la habitación de una niña. Estaba todo ordenado, aunque lleno de polvo y con las cortinas descoloridas. Bajé por las escaleras y encontré algo de comida en la despensa. Después fui al garaje. No había ningún auto. Mucha gente había utilizado sus vehículos para escapar cuando se desató la Gran Peste, y la mayoría habían quedado atascados en las salidas de las grandes ciudades. Aunque vi algo mucho mejor. Una moto estaba tapada con unas lonas. La destapé y pude contemplarla en todo su esplendor. Estaba nueva. La moví un poco, y el sonido del combustible en el depósito me hizo saltar de alegría.

Me asomé a la ventana del garaje. Los tres perros seguían allí, y se lanzaron contra la puerta cuando me vieron. Tenía que salir por otra puerta. Antes de sacar la moto por la cocina, para llevarla a la entrada principal, busqué más combustible; había algunas garrafas en una esquina, rellené el depósito y después empujé la moto hasta la entrada.

Miré por el cristal y no vi a ningún perro. Abrí la puerta y arranqué la moto.

Apenas había acelerado cuando noté un fuerte dolor en la pierna. Uno de los perros me estaba mordiendo, mientras los otros dos se acercaban por el otro lado. Sacudí la pierna, pero el animal no se soltó; aceleré la moto y el perro recorrió varios metros agarrado a mi pierna, hasta que logré que chocara contra la valla del jardín.

Salí a la calle principal; tenía un fuerte dolor en la pierna y escuchaba los ladridos de los animales a mi espalda, pero intenté concentrarme en salir de allí.

La moto derrapó un poco cuando tomé la curva que me llevaba de nuevo a la carretera principal. Un par de millas más adelante, los perros se habían cansado de perseguirme.

Cuando me miré la pierna, vi que estaba perdiendo mucha sangre. Por eso me atreví a parar un rato, arranqué un trozo de mi camiseta, lo mojé en el agua y después de limpiarme la herida, hice un torniquete improvisado.

Las siguientes horas las pasé en la motocicleta, pues quería llegar lo antes posible, aunque llegara exhausto a la ciudad. Únicamente me detendría para comer y dormir un poco.

Cuatro horas más tarde, la luz comenzó a desaparecer. La noche era muy cerrada y una ligera lluvia comenzó a caer sobre mi dolorido cuerpo. La pierna herida estaba como adormecida, pero sabía que cuando intentara bajarme de la moto me dolería mucho. Tenía que encontrar algo que me desinfectara y ponerme una inyección antitetánica. Aquellos animales podían transmitirme la rabia.

Las grandes rectas dieron paso a una carretera serpenteante muy pegada al río. Ya había perdido la esperanza de encontrar un pueblo, cuando llegué a un conjunto de casas que se llamaba Río Vista, justamente donde terminaba la carretera 84.

A la entrada del pueblo había una gasolinera y una hamburguesería. Sentía mucho frío, posiblemente a causa de la sangre perdida; tenía mucho sueño, y cuando dejé la moto, únicamente el intenso dolor de la pierna me espabiló. Caminé cojeando hasta la entrada trasera. Las bandejas estaban desparramadas por el suelo, también las cestas de las freidoras y el resto del material de cocina. Alumbré con la linterna que había agarrado en el supermercado lo que parecía un botiquín. Tenía algo de alcohol, algodón y algunos calmantes, pero no había inyecciones.

Me senté en una de las mesas del salón. Todo estaba sucio y abandonado, pero en las paredes todavía estaban los carteles de las últimas promociones del local.

Derramé el alcohol sobre mi pierna, y sentí un dolor tan intenso que estuve a punto de desmayarme. Después limpié bien la herida y me tomé dos pastillas. Esperé media hora a que los calmantes hicieran su efecto y regresé a la moto. Me costó mucho alzar la pierna, pero logré sentarme. Debía buscar una farmacia o una clínica antes de descansar; si no me ponía la inyección, en unas horas no tendría remedio lo que esos animales me hubieran podido transmitir.

Mi búsqueda fue muy larga. Estaba agotado cuando llegué hasta una escuela, encontré la enfermería y la inyección. Cuando salí del edificio, mi suerte comenzó a cambiar. Varios embarcaderos estaban alineados al lado del río, y cuatro embarcaciones en perfecto estado brillaban sobre las aguas. Con ellas llegaría a tiempo a San Francisco.

ANARQUÍA

AQUELLA NOCHE DORMÍ MECIDO POR el agua. Tuve un sueño reparador y me levanté descansado. Cuando me quise dar cuenta, el día estaba muy avanzado. Había perdido demasiado tiempo. Me acerqué al motor e intenté arrancarlo, pero no respondía. Lo tuve que hacer otras dos veces antes de lograr arrancarle un ronco rumor, que fue tomando fuerza poco a poco. Después puse rumbo al centro del río.

Disfruté de la brisa mientras avanzaba entre campos abandonados, crucé la laguna en la que estaba la isla Sherman y después me interné en la bahía Suisun; en un par de horas estaría en San Francisco.

Cuando pasé por el puente que unía Vallejo con Crockett, pude ver una gran cantidad de gruñidores cruzando el puente, pero no eran el grueso de los que venían desde Sacramento. Parecía que había logrado llegar a tiempo.

Una hora más tarde me encontraba en la bahía de San Francisco. La vieja ciudad parecía tan tranquila como una semana antes, pero sin duda se aproximaba el final de sus días. Atraqué cerca del parque de Presidio; tenía que ver al Adelantado cuanto antes.

Cuando me interné en el parque, unos soldados me vieron y me ayudaron a subirme a su vehículo. Mientras descansaba en la parte de atrás, mi mente volvió a angustiarse. Temía que mis amigos no hubieran corrido la misma suerte. Intenté quitarme esa idea de la cabeza, pero no podía.

El auto se estacionó enfrente de la casa del Adelantado. Me ayudaron a entrar en el edificio y me llevaron ante su superior. El hombre estaba muy atareado metiendo en cajas los papeles de algunos archivadores.

—Muchacho, veo que has sobrevivido —dijo el hombre sin tan siquiera mirarme a la cara.

—Sí, señor. Encontramos al jefe de los gruñidores, creo que está muerto. Reventamos el Capitolio de Sacramento con él dentro —le comenté.

—Te has ganado tu cura, esos chicos te llevarán en uno de los transportes hasta San Diego —dijo el Adelantado.

—Pero..., mis amigos —dije sin poder creerme que iban a evacuar la ciudad de inmediato.

—Tenemos doce horas para salir de aquí; el grueso de los infectados está muy cerca. Me temo que no ha servido de nada tu intento —dijo el hombre.

—No puedo irme sin esperarles —le comenté.

—Eso ya depende de ti. Mañana estaremos rodeados. Intentaremos mantener abierto el camino hacia el sur unas horas, pero será difícil hacerlo durante mucho tiempo —me dijo.

Miré por la ventana. Aquel idílico lugar parecía tan tranquilo, que la sola idea de que un terrible peligro se cernía sobre él no dejaba de ser una quimera.

—¿Pueden facilitarme un auto? —pregunté.

—Sí, pero no con mucho combustible —dijo el Adelantado—. Hemos tenido que dejar a todos los no aptos. Únicamente partirán los que hayan superado las revisiones y evaluaciones.

—¿Van a abandonar a cientos de chicos y chicas en aquella cárcel? —pregunté horrorizado.

—Me temo que sí. No podemos transportarlos, y en San Diego no hay lugar para todos. Muchos de ellos morirán de todas maneras —comentó el Adelantado.

Me levanté de la silla y me dirigí hacia la entrada. El Adelantado le ordenó a uno de sus hombres que me dieran un vehículo. Me llevaron hasta el estacionamiento.

—Este auto es lo único que puedo darte —dijo el cabo.

Aquel Cadillac destartalado no parecía encontrarse en su mejor momento, pero acepté las llaves y me metí dentro. Mientras abandonaba el recinto, no dejaba de pedir que mis amigos estuvieran vivos y que volviéramos a reunirnos cuanto antes.

Ahora tenía una misión que cumplir; no podía permitir que todos esos chicos murieran como ratas encerrados en la cárcel. Al menos tendrían una oportunidad de salvar sus vidas.

PARTE II:
PRESIDIO

Capítulo XXI

PREPARADOS

LA CÁRCEL ESTABA CERRADA A cal y canto. No había guardias en la entrada, tampoco en el perímetro, pero aquellos tipos ni siquiera les habían dejado a aquellos chicos la opción de escapar y sobrevivir. Aquello me enfureció, pues ningún ser humano tiene derecho a despreciar la vida de otro de esa manera.

Estrellé el Cadillac contra la primera verja y me llevé las puertas por delante. Tuve que atravesar otras dos antes de entrar en el recinto, pero cuando estacioné delante del edificio principal y observé a la gente golpeando los barrotes pidiendo ayuda, supe que había hecho lo correcto.

Me acerqué a la puerta principal, y tuve que reventar la puerta con el rifle que encontré en el auto antes de poder entrar. Lo primero que pensé fue abrir las puertas y dejar que todos escaparan, pero aquella desbandada haría que la mayoría de la gente muriera en manos de los gruñidores, por eso me detuve para tener una estrategia.

Lo más importante era abrir primero el pabellón de los menos problemáticos y contar con la ayuda de Mona y Elías. No es que confiara mucho en ellos, pero al menos los conocía personalmente.

Cuando aparecí frente a la puerta de su celda, mi viejo enemigo me observó con una sonrisa irónica.

—No sé por qué pensé que volvería a verte, aunque esperaba que fuera en circunstancias muy diferentes —comentó Elías.

—Imagino que te gustaría verme a mí en tu lugar, pero no tengo tiempo de jueguecitos. Decenas de miles de gruñidores vienen hacía aquí, y mañana por la mañana estarán frente a esta cárcel. Si tenemos un plan podremos sobrevivir, de otra manera moriremos todos —le expliqué.

Elías se quedó pensativo unos instantes y después me preguntó:

—¿Tienes un auto?

—Sí —le dije.

—¿Con gasolina?

—Sí —le volví a responder.

—Entonces, yo en tu lugar me largaría lo más lejos que pudiera. Todavía estás a tiempo de salvar el trasero —contestó.

—Eso no me importa; puede que dentro de unas semanas muera de todas formas —le respondí ofuscado.

—Creo que todavía no has comprendido la mecánica de la vida. Uno tiene que sobrevivir a cualquier precio. Nadie va a hacer por ti lo que tú no estás dispuesto a hacer —dijo Elías.

Sabía que lo que él decía era lo que pensaba la mayoría de la gente. Para muchos, era inútil hacer algo por los demás, pero yo había sido criado de una manera diferente. El de al lado era tan importante como yo, y su felicidad era en parte la mía.

—Ya sabes que no soy un tipo muy listo. Prefiero morir intentando salvar a esta gente que otros consideran basura genética, que «salvar mi trasero». Lo único que te pido es que me ayudes, aunque solo sea por no morir encerrado en esta miserable cárcel —le dije muy serio.

—Estás loco, pero será mejor que abras esta puerta y comencemos cuanto antes. ¿Cuánta gente puede haber en este estercolero? ¿Cinco mil personas? Nos llevará más de dos horas organizar la defensa o la huida —contestó Elías.

Abrí su celda y, mientras buscábamos a Mona, le expliqué brevemente la situación.

—¿Entonces no crees que nos daría tiempo a escapar? —me preguntó la chica.

—Si hay cinco mil personas, tardaríamos un día entero en atravesar la ciudad. Los gruñidores llegarán mañana, no lograríamos escapar y terminarían por partirnos por medio. La cárcel puede defenderse más fácilmente, y a campo abierto somos una presa fácil —comenté a Elías. Mis palabras no le convencieron del todo.

—Otra opción es ir a una de las islas —dijo.

—La isla de Wines sería una de las opciones, pero tiene un puente de tierra que habría que proteger. Luego está la isla de Angel, pero transportar a tanta gente en barco sería un problema. No hay tiempo. El perímetro de la prisión de San Quintín es bastante defendible; si logran entrar, nos encerraríamos en el edificio de la enfermería que es mucho más pequeño —le comenté.

Cuando liberamos a Mona del pabellón de las chicas, comenzamos a organizarnos. Primero soltamos al resto de los presos menos problemáticos y los armamos, después al grupo intermedio, y dejamos a los más peligrosos e inestables encerrados; los liberaríamos cuando llegara el caso.

Elías y yo revisamos las armas. No habían dejado mucho, pero al menos podíamos contar con medio centenar. Algunas chicas fabricaron bombas caseras, también encontramos dos cañones de aguas en unas tanquetas y otras armas blancas.

Por la tarde habíamos logrado organizar cinco patrullas de vigilancia, reforzar las zonas más vulnerables y destinar parte de los presos a los temas logísticos. La comida debía durar varios días de asedio, y también el agua potable. Aquello se parecía más a la defensa de un castillo o un fuerte que a una guerra convencional.

Estaba convencido de que los gruñidores no perderían mucho tiempo con nosotros; si pensaban que éramos una presa demasiado difícil, buscarían otra más fácil.

Después de un día agotador me subí a una de las torres de vigilancia. Desde allí contemplé la noche apacible y el sonido de las olas golpeando la orilla. Todo estaba en calma, y nada hacía presagiar que al día siguiente una horda de seres medio humanos nos fuera a atacar. Después observé dentro del gran patio de la cárcel las hogueras de los vigilantes. Por unos segundos sentí lo que debieron de experimentar otros muchos generales antes que yo: la emoción de la batalla, las ganas de luchar por lo que es justo y lograr vencer.

CAPÍTULO XXII

LOS EXPLORADORES

AQUELLA NOCHE NO ME ACOSTÉ. Hay momentos en que las necesidades más básicas dejan de tener importancia. La fuerza, el valor y el esfuerzo eran lo único que me importaba en ese momento. Buena parte de la noche la pasé conversando con Dios. Tenía muchas preguntas que hacerle, pero sobre todo, estaba muy enojado. Puede que aquella noche fuera el momento en que hablamos más francamente.

No entendía por qué la gente más buena había desaparecido, para que lo peor del ser humano gobernara la tierra. Tampoco por qué los niños habíamos sido abandonados de aquella manera. Mucha gente inocente había muerto, y eso era algo que no podía comprender. Después logré desahogarme; llevaba mucho tiempo sin llorar, y tenía muchas razones para hacerlo. Mi amigo Patas Largas estaba muerto, el resto de mis amigos desaparecidos, mi pierna estaba peor y el dolor me hacía detenerme a veces en seco para poder apretar los dientes y soportarlo, pero en el fondo creía que todo aquello tenía un propósito.

Las palabras de mi padre seguían sacudiendo mi mente: no pasaba nada sin que formara parte de ese gran plan universal en el que todos estábamos metidos. Aunque ser el líder de un pueblo de despreciados y abandonados no era mi idea de lo sublime, comenzaba a creer que mi vida tenía sentido.

Me levanté del camastro con el cuerpo molido; después tomé un frugal desayuno y convoqué a los que habíamos nombrado jefes de patrulla. Los diez chicos y ocho chicas me informaron de cómo se había pasado la noche. Los incidentes habían sido mínimos: algunos gruñidores localizados en las afueras del recinto y se esperaba la llegada de varios exploradores, para que nos explicaran la situación exacta de los enemigos.

—¿Cuántos días podemos resistir con los víveres que tenemos? —pregunté a los responsables.

—Tres o cuatro días, sin comida tal vez un día más —dijo el encargado.

—¿Cuántas municiones tenemos? —pregunté al responsable.

—Unas cinco mil balas.

—No es mucho, pero tendrá que ser suficiente. Hoy imagino que sufriremos un primer ataque, pero no será el principal; puede que mañana recibamos una oleada, pero lo peor será dentro de dos noches. No olvidemos que los gruñidores actúan por la noche —les dije.

Estábamos en medio de la reunión cuando llegaron dos de los tres exploradores que habíamos mandado. Los pobres venían magullados y con la ropa hecha jirones. El primero en hablar fue un chico de doce años llamado Peter.

—Los gruñidores están muy cerca, parte de la avanzadilla se encuentra en el centro de la ciudad. Arrasan todo lo que encuentran a su paso; he visto cientos de personas perecer en sus manos. Puede que terminen por ir hacia el sur, pero si cruzan el Golden Gate estarán aquí por la tarde.

La siguiente exploradora era una chica llamada Jane. Era algo mayor que el chico, siempre armada con un arco que ella misma se había fabricado y una especie de zurrón cruzado sobre el pecho.

—Los gruñidores vendrán hasta aquí; es como si tuvieran un sexto sentido para encontrar humanos. Además, están más organizados de lo que podamos pensar. Mandan una especie de exploradores que miden el peligro y las posibles presas, después una avanzadilla de su ejército y después el resto de la marabunta. Logré llegar hasta Oakland, y allí hay cientos de miles de ellos; también observé a su líder, tenía a varios humanos encadenados como si fueran sus mascotas —comentó la chica.

Un escalofrío me recorrió la espina dorsal. No podía creer que al final todo nuestro esfuerzo había sido en vano.

—¿Cómo era el líder? —le pregunté angustiado.

—Un gruñidor gordo, con vello por todo el cuerpo y algo de cabello rubio en las sienes —dijo la chica.

—Es él, no hay duda —dije en voz alta.

—¿Quién es él? —preguntó Elías.

—El líder de esos monstruos es el propio diablo reencarnado —comenté.

—Eso empeora las cosas —dijo Elías—. Si esos seres son capaces de organizarse, nada les impide que estén días asediando la prisión, hasta que nos obliguen a salir.

No me preocupaba lo que pudiera maquinar el senador, lo que realmente me preocupaba era si entre los humanos que había visto Jane se encontraban mis amigos.

—¿Cómo eran sus mascotas humanas?

—No las vi de cerca, pero las mayoría eran chicas —dijo Jane.

Aquello terminó de confirmar mis sospechas; con toda probabilidad, dos de ellas eran Mary y Katty. Era imposible mandar a un grupo que las liberara, pero si conseguíamos diezmar a los gruñidores, tal vez podría rescatarlas, pensé mientras la exploradora terminaba su informe.

Después de la reunión subí de nuevo a la torre. Con los prismáticos podían verse a lo lejos los avances de los gruñidores. A primera hora de la tarde, pudimos contemplar a los primeros monstruos cruzando el puente. En unas horas tendríamos que soportar la primera oleada. Lo único que podíamos hacer era esperar y rezar para que todo saliera bien. Mientras miraba el horizonte, no dejaba de pensar que entre aquella masa de gruñidores podían estar mis dos amigas, y aquello me llenaba de esperanza y temor al mismo tiempo.

Capítulo XXIII

LA PRIMERA BATALLA

TODAVÍA RECUERDO ALGUNAS DE LAS batallas que vi en las películas cuando era niño. Dos ejércitos enfrentándose con honor, para conseguir la victoria total. Pero llevaba demasiado tiempo en el mundo después de la Gran Peste para saber que el honor y la victoria era lo que menos importaba en una guerra. Los gruñidores no eran del todo humanos, aunque por desgracia estaban recuperando lo peor que les quedaba de su anterior condición: la astucia retorcida del mal. Mientras observaba el paso de gruñidores por la primera de las vallas de protección, supe que algo sucio y ruin estaba a punto de comenzar.

Durante la siguiente media hora repasé las defensas, los encargados de lanzar las bombas caseras, la segunda línea de defensa por si los gruñidores atravesaban la primera y los chicos encargados del repliegue si al final había que refugiarse en el edificio de la enfermería. Aquel lugar se había diseñado para que los presos no pudieran salir, pero nuestra misión era impedir que entraran los enemigos.

Descendí hasta la puerta principal, y la gente tenía el ánimo alto. Algunos llevaban meses encerrados y ya se habían resignado a morir en cautiverio, pero aquello les había devuelto en parte su dignidad. No hay mayor privilegio que morir por tu libertad.

Me acerqué a Elías. Él era el encargado de la primera línea de defensa.

—¿Está todo bien? —le pregunté.

—Todo bien. Podemos resistir el primer envite, y espero que eso sea suficiente. Tengo planeado controlarles a ese lado de la verja. Esos bichos son torpes y hemos preparado unas fosas con combustible, porque no hay nada que les dé más miedo que el fuego —me dijo Elías.

—Buena idea, espero que eso les detenga un buen rato. Yo me quedaré con ustedes hasta que rechacemos a los gruñidores —le dije a Elías.

Él hizo un gesto afirmativo con la cabeza. Después de tantas vicisitudes, traiciones y luchas volvíamos a estar en el mismo bando, aunque fuera momentáneamente. Sabía que debía mantenerle vigilado, por eso no estaba dispuesto a separarme de él en ningún momento.

No tuvimos que esperar mucho para ver a los primeros gruñidores acercarse a la verja. No eran muchos más de una centena, pero las sombras de la noche resaltaban sus figuras de una manera tenebrosa. La mayoría se detenía frente a la verja, pero no la intentaba atravesar. Nosotros esperamos pacientemente, pues no queríamos gastar munición sin necesidad.

Una hora más tarde, los gruñidores eran tantos que se habían convertido en una marea de cabezas putrefactas, agitadas por una energía antinatural. Por un momento tuve la sensación de que todos ellos estaban interconectados, como si formaran un único organismo vivo dirigido por la mente de su jefe.

Los gruñidores comenzaron a levantar los pies y a golpear el suelo, como si fueran una máquina bien engranada. Querían amedrentarnos; sabían que el miedo es el mejor aliado de la barbarie.

Los primeros comenzaron a saltar las vallas y a aproximarse lentamente. Elías ordenó a todos que no dispararan hasta tener a tiro a los monstruos. Los gruñidores comenzaron a correr hasta nosotros, pero Elías mantuvo la sangre fría dejando que se acercaran a menos de cinco codos.

—¡Ahora! —ordenó, y todos disparamos a la vez.

Cuarenta gruñidores cayeron al suelo, pero enseguida se unieron un centenar más, y después medio millar. Aquella marea crecía sin cesar, y las ametralladoras y los fusiles comenzaban a calentarse, y los casquillos se acumulaban a nuestros pies.

Algunos monstruos llegaron hasta nosotros y varios chicos los tuvieron que abatir y eliminar con sus cuchillos.

—¿Cuánto tiempo podemos resistir así? —pregunté a Elías.

—Hoy no podemos dejar que pasen de aquí. Necesitamos asegurar la posición. Ordena que comiencen a arrojar las bombas caseras —me dijo.

Con una señal de la linterna pasé la orden, y una docena de pequeñas bombas estalló entre las filas de los enemigos. Estaban tan cerca unos de otros que muchos cayeron muertos, pero seguían llegando cientos de ellos por el camino.

—Aguanta, ahora vengo —dije a Elías.

Me apresuré a subir a la parte alta de la fachada, para observar mejor la columna de gruñidores. Miré con los prismáticos infrarrojos y me quedé atónito. Las filas de enemigos eran muy largas, de varios kilómetros, y seguirían llegando monstruos a lo largo de toda la noche. Era imposible mantener la posición a no ser que intentáramos algún plan nuevo.

Las bombas no les asustaban, los miles de cuerpos de sus compañeros tampoco les impresionaban, así que tendríamos que hacer algo más drástico.

Cuando regresé al primer frente, los chicos y chicas estaban agotados. Llevaban casi tres horas repeliendo el ataque, por eso sus brazos se encontraban agarrotados y sus piernas estaban entumecidas. La valla no era un obstáculo para los gruñidores; habían logrado tumbarla, y apenas podíamos contenerlos.

—Es imposible continuar —dijo Elías.

—Tenemos que detenerlos —le contesté.

—¿Usamos las zanjas con combustible? —me preguntó.

—Me temo que eso no será suficiente. Hay que detenerlos de otra manera —le dije, sin dejar de pensar cómo podíamos hacerlo.

Entonces los vi. Eran dos enormes depósitos metálicos justamente en mitad de los gruñidores.

—¿Qué es eso? —pregunté a Elías.

—¿Piensas lo mismo que yo? —me contestó.

—Sí, esos depósitos son de combustible. Lo único que espero es que estén llenos —dije sonriente.

—¿Crees que podemos explotarlos desde aquí?

—Un disparo no será suficiente, tenemos que poner un par de cargas explosivas —le contesté.

—Es imposible llegar hasta ellos atravesando las líneas enemigas —dijo Elías.

—Tendríamos que dar un rodeo, subirnos a aquel tejado, poner la carga explosiva y regresar aquí para detonar la bomba —le comenté.

—Iré yo —me contestó.

—No es buena idea; tú mantén a tu gente firme en su posición y yo colocaré la carga.

Me alejé de Elías y busqué a los dos exploradores que me habían informado aquella misma mañana. Ellos habían demostrado estar preparados para ocultarse de los gruñidores. Les expliqué el plan y después nos dirigimos con los explosivos al edificio de la enfermería, para salir justamente delante de la orilla del mar. Aquella misión era muy importante, pues de ella dependía que sobreviviéramos al primer envite de los gruñidores. No podíamos fallar.

CAPÍTULO XXIV

MISIÓN EXPLOSIÓN

RESPIRÉ HONDO CUANDO ATRAVESAMOS LA puerta metálica. No se veía a ningún gruñidor merodeando por allí. Rodeamos el edificio por la parte más alejada y nos colocamos detrás de la segunda torre de vigilancia. Una niebla espesa comenzó a subir desde el golfo, facilitándonos el trabajo. Cuando giramos la esquina, vimos a la multitud de gruñidores atacando la puerta principal. Al lado del edificio pegado a los depósitos había tres gruñidores despistados, que teníamos que eliminar para evitar ser vistos. El chico se acercó arrastrándose por el suelo al primero, lo derribó y se deshizo de él; uno de sus compañeros se dio la vuelta, pero la chica lo abatió con una flecha. El tercero corrió para pedir ayuda, pero yo me lancé sobre su espalda y lo eliminé.

Subimos al tejado y observamos la escena. Debajo de nosotros había una inmensa marea de gruñidores, y al lado los dos grandes depósitos metálicos. La chica subió a uno de ellos y colocó la carga, después regresó al tejado.

Nos dirigimos en dirección contraria, pero cuando intentamos bajar nos dimos cuenta de que era imposible. Cientos de gruñidores nos rodeaban por todas partes.

—¿Qué hacemos ahora? —me preguntó el chico.

Miré a mi alrededor. Nuestra única opción era pasar por encima de los dos grandes depósitos, subir por otro edificio con el tejado rojo e intentar entrar en la prisión por la parte norte. Nos dirigimos allí, pero entonces nos descubrieron.

Medio centenar de gruñidores comenzó a subir por los tejados para perseguirnos; afortunadamente, eran muy torpes y les sacábamos algo de ventaja. Logramos llegar hasta la alambrada y saltar la tapia, entrando de nuevo en la prisión.

Los tres corrimos lo más rápidamente posible hacia la puerta principal, pues teníamos miedo de que la primera línea se desmoronara antes de que lo consiguiéramos. Cuando llegamos, vimos a varios chicos muertos y a Elías gritando órdenes para que no retrocediesen.

—¡Ordena que lancen bombas a los fosos! —grité.

Elías dio la orden, y las fosas con combustible se prendieron todas a la vez. Varios gruñidores siguieron caminando mientras ardían, como si no sintieran dolor alguno, pero la mayoría se quedó paralizada al ver la barrera de fuego.

Saqué el mando a distancia de los explosivos y apreté el botón, pero no sucedió nada; lo intenté de nuevo, pero no respondió.

Los gruñidores lograron rodear las llamas y se acercaron de nuevo hacia nosotros.

—¿Qué sucede? —preguntó Elías.

—No lo sé —le contesté.

—Déjame probar a mí —me dijo, quitándome de la mano el detonador. Apretó de nuevo, pero tampoco sucedió nada.

El explorador que nos había acompañado salió de nuestras filas y corrió hacia los depósitos.

—¡No lo conseguirás! —le grité.

Él se giró sonriente y esquivó a los gruñidores, después tomó un palo y lo encendió como una antorcha. Gracias al fuego logró acercarse de nuevo a los depósitos. Colocó algo y regresó corriendo. Nos hizo un gesto con la mano en cuanto atravesó las zanjas en llamas. Yo tardé un segundo en reaccionar, pero después apreté el botón y una gran explosión nos tiró al suelo, dejándonos medio aturdidos.

Capítulo XXV

DESPUÉS DE LA BATALLA

LA ONDA EXPANSIVA FUE MÁS fuerte de lo que habíamos previsto. Nos derribó a todos como si fuéramos hojas, pero cuando logré ponerme de nuevo en pie, medio aturdido, no podía creer lo que tenía delante. Un cráter enorme había abierto una sima entre lo que quedaba de las huestes de gruñidores. Los pocos que habían sobrevivido a la explosión escapaban en dirección contraria; parecía que por aquella noche nos dejarían en paz.

Cerramos las puertas de hierro, colocamos guardias para que vigilaran toda la noche e intentamos descansar y comer algo. Cuando intentamos irnos a dormir, ya estaba amaneciendo.

Me tumbé en la cama aturdido por el cansancio, con un fuerte pitido en los oídos y el dolor en la pierna, que no cesaba. Mi cabeza no dejaba de dar vueltas a la idea de que mis amigas estuvieran vivas. Tenía que pensar en algún plan para rescatarlas. Si al final éramos capaces de resistir a los gruñidores, podía suceder que su jefe se llevara a mis amigas más al sur.

Me giré en la cama para relajarme. Las imágenes de las últimas horas asaltaban mi mente. Al final me quedé dormido y tuve uno de mis sueños.

Estaba en un hermoso jardín rodeado de flores. No estaba solo, mis amigos disfrutaban de la misma paz y belleza que yo. Una de las tardes que salía a pasear, el cielo se puso oscuro, como si estuviera a punto de caer una tormenta. Me refugié debajo de un árbol y escuché una voz a mi espalda. Era un hombre pequeño y de aspecto misterioso. Tenía los ojos negros y una expresión desagradable. Se acercó hasta mí y me susurró al oído.

—Hay otra manera de alcanzar el paraíso, Tes. A veces nos empeñamos en tomar el camino más fácil, pero hay otra manera.

—No le entiendo —le contesté.

—Aquí no estás a salvo, mira —dijo después de levantar las manos.

Se desató una tormenta terrible; los rayos caían por todas partes y la lluvia empapó el campo hasta convertir el suelo en torrentes. Después, un rayo cayó justamente en el árbol en el que me guarecía y salí disparado, cayendo al suelo.

—Si te unes a mí, todo será más fácil —dijo el hombre mientras el jardín comenzaba a emponzoñarse. Las plantas se secaban, los frutos se pudrían y los árboles se quedaban sin hojas.

Me desperté sobresaltado. Aquella pesadilla había parecido muy real, y entonces tuve la sensación de que el jefe de los gruñidores se había metido de nuevo en mi mente. Sal de aquí, grité en mis pensamientos. Entonces mi mente se relajó y me quedé de nuevo dormido.

Capítulo XXVI

BUSCANDO A MIS AMIGAS

ME DOLÍAN TODOS LOS MÚSCULOS. La batalla había sido más dura de lo que había imaginado en un principio, y no estaba seguro de que lográramos resistir otro ataque. La buena noticia era que seguíamos manteniendo las primeras posiciones, lo que nos dejaba cierta ventaja estratégica, pero nuestras municiones y provisiones comenzaban a agotarse.

Después de desayunar reuní a todos los oficiales. Quería conocer su opinión sobre la situación. Uno de los más críticos fue Elías; por otro lado era normal, pues él había aguantado durante horas el ataque en la puerta principal.

—No podemos resistir una nueva embestida, esos gruñidores no se detienen ante nada —dijo Elías enojado.

—Lo importante es que hemos resistido y apenas hemos tenido bajas —le contesté.

—Sí, pero hubo varias ocasiones en que estuvieron a punto de vencernos —replicó Elías.

—En una batalla siempre hay momentos en que la suerte de ambas partes se decide, pero el resultado es lo más importante —dije mientras intentaba zanjar el tema. Las dudas dividen a un ejército, sobre todo cuando está compuesto por personas normales y corrientes como nosotros.

El resto de los líderes parecía satisfecho con el resultado. Al menos habíamos sobrevivido un día más y podíamos resistir otro ataque.

—Quiero comunicarles que hoy saldré con un grupo de voluntarios para encontrar a dos de mis amigas. Creo que pueden estar entre los humanos que tenía prisioneros el jefe de los gruñidores —dije al resto del grupo.

Todos se pusieron muy nerviosos y comenzaron a hablar a la vez, ya que no les parecía muy buena idea que dejara mi puesto precisamente en ese momento.

—No se preocupen, estaré de vuelta antes de que anochezca; no creo que los gruñidores intenten nada hasta la puesta del sol —comenté.

—Pero, ¿qué sucederá si mueres? ¿Quién será nuestro líder? —preguntó una de las chicas.

—Creo que el más preparado es Elías —contesté.

—Sí, él tiene mucha experiencia para llevar soldados —dijo Mona, que hasta ese momento había estado callada.

Elías se sintió halagado y aceptó enseguida el cargo. Me preocupaba un poco cuál sería su reacción cuando yo no estuviera, pero era el único con capacidad suficiente para asumir el mando.

Cuando terminó la reunión busqué a Peter y Jane, dos de las personas más preparadas. Me habían ayudado a poner las cargas explosivas y eran los dos exploradores que habían regresado de la expedición del día anterior. Les reuní para trazar un plan; no teníamos mucho tiempo para encontrar el nido del jefe de los gruñidores, liberar a mis amigas y regresar.

—Es difícil determinar dónde puede estar el nido del senador Michael Black, pero tendremos que arriesgarnos. Es imposible cruzar el puente en dirección al centro de San Francisco, por eso tendremos que conseguir una lancha. Hay tres sitios que pueden ser el nido de los gruñidores. El primero es el Aeropuerto de San Francisco, el segundo es la Universidad de Berkeley y el tercero es la Universidad de Stanford. Estos son de los centros más grandes de la ciudad y un buen lugar para que el jefe de los gruñidores se refugie —les comenté.

Los dos exploradores estaban de acuerdo con mi plan. En una hora debíamos conseguir la lancha y llegar a nuestro primer destino: el Aeropuerto de San Francisco.

Capítulo **XXVII**

UN VIAJE EN LANCHA

ATRAVESAR LA BAHÍA DE SAN Francisco en lancha aquella luminosa mañana fue más un viaje de placer que una aventura arriesgada. Afortunadamente, mi pierna comenzaba a mejorar y comenzaba a sentirme mucho más fuerte. Peter y Jane estaban en la proa de la lancha controlando los mandos, mientras yo descansaba atrás, con los brazos apoyados a los lados y sintiendo cómo el viento sacudía mi cabello rubio y largo. A ambos lados de la bahía se veían las construcciones de la ciudad. En un lado la parte más industrial, que estaba casi arrasada por los incendios de los últimos años; al otro lado la parte residencial, que se encontraba en mejor estado.

Procuramos navegar lo más alejados que pudimos de la costa. No queríamos que nos localizaran los gruñidores y dieran la voz de alarma a su jefe. Cuando divisamos el aeropuerto, nos acercamos a la costa y dejamos la embarcación a un par de millas del aeropuerto.

En algún momento había dudado de si era mejor formar un comando más grande, pero cuantos menos fuéramos, sería más fácil introducirnos en el nido sin ser vistos.

Caminamos por la Avenida Utah y después bajamos por la Avenida Aeropuerto hasta situarnos justamente enfrente. No se veía a muchos gruñidores por la zona, todos debían de estar escondidos en sus nidos y en las gigantescas salas del Aeropuerto. Aunque cabía la posibilidad de que el jefe de los gruñidores se encontrara en los otros dos lugares que pensábamos que podían ser su guarida.

La avenida terminaba en unos inmensos estacionamientos. Había muchos autos quemados y volcados, un autobús estaba atravesado en medio de la calle, pero ni rastro de gruñidores.

Entramos en el gran vestíbulo del aeropuerto, que estaba lleno de maletas abandonadas, carritos volcados y con el piso repleto de papeles. Muchos de los cristales estaban rotos y la lluvia se había colado por los grandes ventanales.

—No se ve a ningún gruñidor —dijo Peter.

—Creo que no están aquí —comentó Jane.

—Será mejor que regresemos a la lancha. No tenemos tiempo que perder —dije yo mientras nos dirigíamos de nuevo a la salida.

No habíamos andado ni diez pasos cuando nos encontramos de frente con varios lobos que nos acechaban en la puerta. En cuanto nos vieron, comenzaron a aullar y gruñir enseñándonos los dientes. No imaginaba que hubieran llegado tan al sur, pero sin duda seguían la estela de muerte que dejaban los gruñidores.

—No se muevan —les advertí a los exploradores, pero era demasiado tarde.

Jane tomó el arco y apuntó a uno de los lobos, y los animales reaccionaron lanzándose hacia nosotros. El primer lobo cayó abatido por una flecha, pero el segundo logró derrumbar a Peter. Cuando logré matar al que se lanzó sobre mí, intenté disparar al otro lobo, pero tenía miedo de fallar y herir al chico.

Jane apuntó con el arco y dio en la espalda del lobo. Este se retorció de dolor y comenzó a chillar mientras escapaba hacia la puerta.

—Vámonos antes de que regresen con más —les dije mientras levantaba a Peter, y después comencé a correr hacia la calle.

Peter no estaba malherido, apenas unas magulladuras. Nos dirigimos hacia la lancha y subimos a toda prisa. Arrancamos el motor y pusimos rumbo a la Universidad de Stanford. Era más lógico que estuvieran allí que en Berkeley, pues la Universidad de Stanford estaba más al sur, en el camino hacia la ciudad de Los Ángeles.

El día pasaba demasiado deprisa; en cuatro horas se pondría el sol y entonces ya no podríamos regresar a nuestro refugio. Lo único que esperaba era que Elías hubiera tomado en serio las riendas de la prisión y no se hubiera marchado intentando salvar su pellejo.

Capítulo XXVIII

LA UNIVERSIDAD DE STANFORD

EN MENOS DE UNA HORA estábamos frente a Palo Alto, pero lo que no sabíamos es que había un largo camino a pie hasta la universidad. Caminamos lo más rápidamente que pudimos, pero mi pierna y las heridas de Peter nos hicieron ir a un ritmo más bajo de lo normal. Cuando llegamos a la entrada del inmenso campus, apenas quedaban dos horas de luz. Atravesamos un parque antes de encontrarnos de frente con el estadio de Stanford.

—Creo que están ahí dentro —les comenté señalando el edificio.

—¿Estás seguro? —preguntó Jane.

—Sí, ese edificio es capaz de resguardar a miles de ellos —le dije.

—Pero ¿no está demasiado lejos del resto de los gruñidores? —preguntó Peter.

—Los que nos están atacando son una pequeña facción del ejército de gruñidores. El grueso sigue marchando hacia el sur —les dije.

Nos acercamos al estadio con cautela. Vimos a varios grupos de gruñidores vigilando la zona, por eso intentamos hacer el menor ruido posible. Las grandes torres de focos sobresalían de entre los árboles; el recinto parecía enorme y me costaba imaginar por dónde comenzar.

—Tenemos que encontrar la zona de oficinas del estadio. El jefe de los gruñidores es demasiado sibarita para estar en los sótanos o los vestuarios —comenté.

Nos acercamos a una de las puertas. Estaba vigilada por dos gruñidores enormes. Pensé que en su otra vida debían de haber sido jugadores de fútbol americano.

—Jane, ¿puedes eliminarlos de un flechazo? —dije a la chica.

—Sí, estamos muy cerca —comentó la chica sacando unas flechas de su mochila.

Uno de los gruñidores cayó al suelo tras el primer flechazo; el otro se acercó a él, pero antes de que pudiera reaccionar, también recibió un impacto. Corrimos hacia la entrada y entramos en el edificio. Los graderíos estaban vacíos. Sin duda, los gruñidores estaban en las partes más oscuras del estadio.

—Ese debe de ser el edificio —dije señalado a un bloque en la parte oeste del estadio.

Subimos por los graderíos hasta lo que parecía la zona de prensa. Unos grandes ventanales separaban el edificio y las salas vip del resto del estadio. Intentamos romperlos, pero eran blindados.

—¿Cómo entraremos? —preguntó Jane.

—Vamos por allí —dije señalando una de las entradas a las rampas.

Me hubiera gustado evitar que fuéramos por los pasillos del interior, pero no nos quedaba más remedio. Los gruñidores estaban tirados por todas partes. Caminamos por los túneles en silencio, con la ayuda de dos linternas. Tras diez minutos, dimos con las puertas a la zona vip. Afortunadamente, no estaban cerradas. Entramos con cautela. El suelo estaba alfombrado de gruñidores dormidos. Registramos cuatro salas, pero sin ningún resultado.

—¿Dónde pueden estar? —pregunté a mis compañeros.

Entonces se escuchó un grito y los gruñidores comenzaron a despertarse. Nos apresuramos a salir, pero el grito se escuchó de nuevo y ya no tuve dudas. Aquella voz era de Katty. Me di media vuelta y corrí hacia los gritos, como si en medio del horror de aquel suelo infecto de monstruos hubiera algo más importante que salvar la vida: entregarme en cuerpo y alma por las personas que más quería en este mundo.

Capítulo XXIX

LUGARTENIENTE

ME SORPRENDIÓ VERLO DE NUEVO, sobre todo convertido en uno de ellos. El pastor Jack Speck nos había advertido sobre los gruñidores y cuál era su origen, pero también nos había contado su triste historia. La de un hombre que pierde la fe y arrastra a su congregación hacia el mismo infierno al que él se dirigía. La última vez que le vi en el sótano de aquella iglesia en Oregón era todavía un hombre valiente, capaz de sacrificarse para que nosotros viviéramos, pero ahora era un amasijo de músculos y piel putrefactos.

Él me reconoció en cuanto me vio y por eso soltó a Katty, a la que tenía agarrada por una especie de correa; la lanzó a un lado y dio una orden, con un sonido gutural:

—¡Atrapen a ese humano!

Jane y Peter comenzaron a disparar justamente cuando Katty caía al suelo. Los gruñidores se abalanzaron sobre ellos, pero no lograron atraparlos. Intenté esquivar a un gigantesco monstruo que se dirigía directamente hacia mí. Después di un salto y caí sobre el pastor Jack Speck.

El reverendo apestaba a muerte; por eso cuando rodeé su cuello sanguinolento con el brazo, tuve que evitar las arcadas que me subieron de inmediato.

—Quietos o vacío el cerebro de su jefe con un disparo —dije con la pistola en la sien del lugarteniente de los gruñidores.

—¡Quietos! —ordenó Jack Speck.

—Eso está mejor —dije, mientras con un gesto les decía a mis compañeros que ayudaran a Katty.

Mi amiga me miró medio aturdida por el golpe y los días pasados entre aquellos seres diabólicos. Sin soltar al reverendo, nos dirigimos hacia la salida.

—No podrán escapar de aquí —dijo Jack Speck.

—Al menos lo intentaremos; mientras te tengamos de rehén será más fácil salir de esta pocilga —le contesté.

—No puedes vencerles. Será mejor que te unas a nosotros. Sabes, hay algo bello en el mal. Tal vez el sonido de tu propia voluntad, liberada de la conciencia —dijo el reverendo.

—El mal esclaviza, pero siempre juega a ofrecernos la libertad. Lo siento, creo que prefiero luchar en el otro bando —le contesté sin dejar de tirar de él.

Cuando salimos al aire libre, corrimos por las gradas hasta el césped. Después nos dirigimos a toda prisa a la salida. Cuando levanté la vista, observé lo más parecido a una marabunta que he visto en mi vida. Miles, decenas de miles de gruñidores comenzaron a llenar las gradas. Justamente al otro lado escuché una voz por megafonía, y la gran pantalla se encendió de repente.

—Atrapen a los intrusos —dijo la voz. Cuando me giré y miré hacia los grandes arcos, contemplé la cara del jefe de los gruñidores. Había sobrevivido una vez más.

—No dejen de correr —dije a mis compañeros.

En la entrada había media docena de gruñidores que nos atacaron ignorando a nuestro rehén. Logramos abatirlos y salir a la calle. En unos segundos, todo aquello se llenaría de gruñidores deseosos de matarnos; nuestra única opción era encontrar un escondite para escapar de ellos.

Capítulo XXX

DE REGRESO A PRESIDIO

NOS ENCERRAMOS EN UN CAMIÓN abandonado. Inmovilizamos al pastor Jack Speck y esperamos a que los miles de gruñidores comenzaran su peregrinación hacia el sur. Eso significaba que aquella noche no podríamos regresar a nuestro campamento. Mis compañeros y el gruñidor se quedaron en la parte delantera del camión, pero Katty y yo fuimos a la parte trasera. No hablamos, lo único que hice fue abrazarle y esperar a que amaneciera. Durante toda la noche una pregunta asaltaba mi mente: ¿Qué había pasado con la gente que habíamos dejado en la prisión? ¿Habrían sobrevivido? No lo sabía, pero la simple idea de que pudieran estar muertos me martirizaba. Por un lado, creía que el simple hecho de que yo hubiera estado allí no garantizaba la victoria, pero por otro lado sabía que muchas derrotas son el resultado de la falta de un guía que lleve a su pueblo hacia el triunfo.

Cuando amaneció, me asomé a la ventana y observé el estacionamiento. El suelo estaba sembrado de miles de cachivaches que los gruñidores arrojaban a su paso. También había algunos muertos, agotados del largo viaje hacia el sur.

Salimos a la calle y caminamos hacia la bahía. Afortunadamente, nuestra lancha estaba intacta. Antes de subir a bordo, Peter me agarró por el hombro y me dijo:

—¿Por qué nos llevamos a este gruñidor? Únicamente nos causará problemas.

—Este gruñidor es el reverendo Jack Speck y puede que nos sea muy útil; él sabe bien por qué toda esa gente se ha transformado en monstruos. Le necesitamos.

Peter no discutió mis órdenes. Arrancamos la lancha y nos dirigimos de nuevo hacia la prisión. Katty se sentó a mi lado, parecía algo más animada.

—Gracias por venir a rescatarme —dijo Katty.

—Tenía que intentarlo —le contesté.

—Ha sido horrible, me han tratado como si fuera un perro —dijo mi amiga.

—Ahora será mejor que olvides todo eso, lo importante es que pasó y estás bien —le dije intentando animarla.

—Se dirigen a San Diego. Saben que allí hay una ciudad con humanos, y temen que nos volvamos a levantar y los destruyamos —comentó Katty.

—¿Dónde está Mary? —pregunté a mi amiga.

El rostro de Katty se ensombreció de repente. Bajó la cabeza y tardó un buen rato en contestar.

—Mary ha muerto; lo siento mucho —dijo Katty.

Sentí un fuerte dolor en el pecho, como si mi corazón se partiera en dos. Intenté contener las lágrimas, pero no pude. Katty me abrazó, y con una voz dulce me dijo:

—No sufrió, murió en el acto. Le alcanzó un fragmento de la bomba de Sacramento. Ella ya está en paz, al menos ya no tendrá que seguir huyendo.

Primero Patas Largas y ahora Mary; poco a poco moriremos todos, pensé mientras agachaba la cabeza. La vida no tenía sentido. Tarde o temprano todos desapareceríamos y no quedaría memoria de nosotros. Me acordé del texto del libro de Eclesiastés en el que habla de que todo es vanidad. Nada perdura, y lo único que nos llevamos de este mundo es decepción y dolor.

—Será mejor que dejes de torturarte —dijo el reverendo—, resistirse es inútil. Si se convierten en gruñidores ya no morirán, vivirán para siempre.

—¡Cállate! —grité.

—Todos desean la inmortalidad, y yo te la ofrezco. Dentro de unas semanas ya no tendrás elección, pero si decides unirte a nosotros ahora, seguro que mi amo te da un puesto de lugarteniente junto a él. Imagina, un pobre chico de pueblo como tú convertido en uno de los doce que gobernará el mundo —dijo el reverendo.

Me levanté y le zarandeé. Estaba furioso y tenía ganas de terminar con todo.

—Mira, Tes —dijo Peter.

Cuando levanté la vista, una gran columna de humo salía de Presidio. Mis peores temores parecían a punto de hacerse realidad.

—¿Puedes ir más rápido? —le pedí a Peter.

El explorador aceleró la lancha y la nube de humo negro se hizo cada vez más grande. A medida que nos acercábamos, se contemplaba mejor el desastre. Uno de los pabellones estaba medio hundido y calcinado; el fuego seguía extendiéndose por parte de la prisión y no parecía verse ninguna actividad humana. Mi decisión de abandonar el campamento en mitad del asedio había terminado con la vida de todos los defensores. Mientras la lancha se aproximaba a tierra, todos permanecíamos en silencio. El sonido de los motores era el único ruido que se escuchaba en la silenciosa bahía. La muerte siempre es silenciosa, pensé mientras ponía el primer pie en tierra y observaba el edificio humeante.

Capítulo XXXI

EL ÚLTIMO RECURSO

NOS ACERCAMOS EN SILENCIO AL pabellón derrumbado. Miramos la columna de humo y el campo sembrado de cadáveres. La batalla había sido dura, según mostraba la desolación que había a nuestro alrededor. Entramos en lo que había sido el patio y avanzamos hacia el otro pabellón. Comprobamos que estaba vacío y nos dirigimos por los pasillos al gran vestíbulo de a dentro. Entonces vi una figura que se movía entre las sombras.

—¿Qué ha sido eso? —pregunté a mis compañeros, pero nadie había visto nada.

Escuchamos unos ruidos, y caminamos hasta el pasillo que unía el edificio de la enfermería con el resto de los pabellones. Se escucharon dos disparos; nos tiramos al suelo, y una voz dijo en voz alta:

—¿Quiénes son?

—Soy Tes y los exploradores que salieron ayer por la mañana —les dije.

—Hemos visto un gruñidor —contestó la voz.

—Es un prisionero, nosotros no estamos infectados —les dije.

—Que se acerque uno de ustedes —dijo la voz.

Me puse en pie y me dirigí a la puerta de hierro. Al fondo del pasillo la claridad de los tragaluces era muy difusa, pero pude contemplar a cuatro chicos que me apuntaban con sus fusiles.

—¿Eres tú, Tes? —preguntó Elías.

—¿Están vivos? —dije sonriente.

—No gracias a tu ayuda. ¿Se puede saber dónde te has metido? Ayer se desataron todos los demonios del infierno y tú estabas de vacaciones —dijo Elías al acercarme.

—Logré rescatar a Katty y he visto que las columnas de gruñidores marchan hacia el sur, no creo que tarden mucho en desistir —comenté.

—Yo no estoy tan seguro de eso —dijo Elías—. Nuestros exploradores nos han informado que un gran número de ellos continúa al otro lado del puente. Creo que se han empeñado en exterminarnos. Nuestra munición es casi inexistente, hemos perdido un tercio de nuestros hombres y nos queda comida para hoy. Como verás, todo no son buenas noticias.

—Si resistimos esta noche, terminarán por irse —le contesté.

—Lo mismo dijiste hace una semana —comentó Elías.

—No creo que se alejen demasiado de la colmena principal, la cabeza de su jefe los controla en parte —dije.

El resto de mis compañeros se acercó. Los chicos de la guardia miraron con recelo al gruñidor, a pesar de que tenía las manos atadas.

—¿Por qué has traído a ese monstruo? —preguntó Mona, saliendo de detrás de los soldados.

—Creo que podrá darnos una información muy valiosa. Él sabe el origen de la Peste y qué puede detener a los gruñidores —les comenté.

Entramos en el edificio y los guardas cerraron la puerta. Caminamos hasta el centro y entramos en el gran patio de la enfermería. Allí había medio centenar de supervivientes. El aspecto de muchos de ellos era terrible, pero aún se mantenían de buen ánimo. Cuando nos vieron, comenzaron a vitorearnos.

Elías nos llevó hasta uno de los cuartos. Después de asearnos un poco, me reuní de nuevo con los jefes para planificar la defensa de la noche.

Todos me dieron una cálida bienvenida; me acerqué a la mesa central y me senté. Los jefes de cada batallón me informaron del número de hombres con los que contábamos, la munición y otro tipo de armas. No era mucho, pero al menos podíamos mantener la defensa algunas horas.

—No será suficiente para vencerles —dijo Elías.

—Tendrá que ser suficiente —le contesté.

—Podríamos escapar hacia el norte, dar un rodeo y bajar por la interestatal 5 —dijo Elías.

—No podemos movernos con mucha rapidez, somos demasiados. Nos seguirán, y a campo descubierto no podremos resistirles —dije.

—Pues esta noche habrá que prepararse para morir —contestó Elías.

—No nos rindamos, tenemos una opción. He pensado un plan que no puede fallar. Es muy arriesgado, pero si están de acuerdo nos pondremos ahora mismo manos a la obra —les comenté.

Todos me miraron sorprendidos, pero al final aceptaron mi idea. Ahora teníamos que ponerla en práctica antes de que el tiempo se nos echara encima.

Capítulo XXXII

UNA ESTRATEGIA SECRETA

TARDAMOS TODO EL DÍA EN poner en marcha nuestro plan. No era sencillo movilizar a todos, pero cuando el sol comenzaba a desaparecer, ya estábamos preparados.

Los vigilantes nos avisaron de que las primeras oleadas de gruñidores comenzaban a acercarse. Ya no eran tan numerosas como unos días antes, pero todavía eran imponentes. Los enemigos comenzaron a rodear el edificio, y antes de atacar utilizaron su pataleo ceremonial para amedrentarnos, pero esta vez no lo consiguieron. Cuando uno ha decidido morir luchando, el miedo pasa a un segundo plano, como si fuera algo demasiado superficial para perder el tiempo en ello.

El batallón de la entrada sur y norte estaba preparado, y el resto se encontraba guardando la segunda y tercera línea.

A mi lado, en la puerta sur, lucharían Katty, Peter y Jane; en la norte resistirían Elías y Mona.

Los gruñidores comenzaron a golpear la puerta con todas sus fuerzas. Las hojas metálicas resistieron bien los primeros envites, pero no tardarían en ceder. El sonido metálico retumbaba por todo el pasillo y cada vez era más acelerado, como el propio latido de nuestros corazones.

Cuando la puerta se vino abajo, mis hombres comenzaron a disparar las primeras ráfagas, después lanzamos las bombas caseras y logramos detener el ataque. Esperamos unos minutos; los gruñidores apartaron los cadáveres y comenzaron a entrar de nuevo. Repetimos la operación hasta cinco veces, pero la munición comenzaba a agotarse.

—Retrocedan a la segunda posición —dije a mis soldados.

Retrocedimos ordenadamente y nos colocamos detrás de la segunda línea. Cuando los gruñidores llegaron, comenzó de nuevo la lucha. Detuvimos cuatro oleadas más, pero no cesaban de llegar enemigos y tuvimos que ir a la tercera línea de defensa.

La tercera línea estaba en el patio central, y allí nos encontramos con los soldados de Elías, que había hecho la misma operación. Espalda con espalda resistimos a los gruñidores que no dejaban de llegar.

—No me quedan muchas balas. ¿Cuándo vamos a hacerlo? —preguntó Elías.

—Tenemos que esperar un poco más para asegurarnos —le respondí sin dejar de disparar.

Una hora más de lucha nos dejó al límite del agotamiento. Apenas nos quedaba munición, y no podíamos aguantar mucho más.

—Ahora es el momento —dije.

La mitad de nuestros hombres entraron por la escalera que llevaba al sótano, después lo hicimos el resto. Teníamos cinco minutos para salir, no podíamos retrasarnos ni un segundo.

Corrimos por el sótano, y escuchamos las puertas metálicas a lo lejos. Esperábamos que resistieran lo suficiente, aunque no estábamos seguros de conseguirlo. Cuando salimos al exterior, corrí hasta la torre de control. Subí por la escalera y contemplé cómo los últimos gruñidores entraban en el edificio. Entonces di la orden.

Capítulo XXXIII

FUEGOS FATUOS

EN CUANTO HICIMOS LA SEÑAL con la antorcha, nuestros hombres se pusieron en marcha. Lanzamos las bombas incendiarias contra las dos entradas, después explosionamos la dinamita que nos quedaba y se lanzaron bombas caseras contra las ventanas. Nuestros hombres se situaron en las dos salidas. Ahora su misión consistía en no dejar salir a nuestros enemigos.

Cuando los gruñidores se dieron cuenta de la trampa en la que habían caído, comenzaron a gritar. Desde mi posición privilegiada podía ver cómo corrían por el patio para escapar, pero el edificio entero estaba en llamas. Miré con los prismáticos infrarrojos los batallones de las puertas; ambos resistían sin problemas. Lo único que teníamos que hacer era esperar a que el incendio terminara el trabajo.

Durante cuatro horas, los gruñidores intentaron salir del edificio en llamas. Algunos se arrojaron por las ventanas, pero cuando el sol comenzaba a despuntar por el horizonte, el edificio comenzó a desplomarse.

Un pestilente olor y un humo negro se apoderaron de toda la zona. Cuando los batallones se reunieron al lado de la orilla, pude ver en sus rostros agotados lo dura que había sido aquella última batalla. Me puse al frente de ellos y les dije:

—Hoy hemos demostrado algo. Los humanos podemos volver a renacer y enfrentarnos a nuestros peores temores. Una vez fuimos una raza poderosa que sojuzgaba la tierra, pero nuestra propia corrupción nos destruyó. Aprovechemos esta segunda oportunidad. No construyamos de nuevo una sociedad basada en el odio, la injusticia y la violencia. La fuerza del amor y la bondad es mucho más fuerte que la del odio y la maldad. Esta no es la última batalla, realmente es la primera gran batalla por nuestra libertad. Con la ayuda de Dios venceremos, y sin su ayuda caeremos derrotados. ¡Hacia la victoria!

Todos repitieron conmigo la última frase. Fue emocionante verles agotados, casi vencidos, pero con el brillo del orgullo en la mirada. Aquellos chicos y chicas ya no eran autómatas controlados por videojuegos, consolas, móviles o computadoras, eran héroes y heroínas capaces de luchar hasta su último aliento.

—Ahora nos queda un largo viaje hasta «nuestra tierra prometida». Algunos pensaron que éramos el deshecho de lo que queda de sociedad, no aptos para entrar en «Villa Esperanza», pero hoy hemos demostrado lo contrario. Marchemos y salvemos a nuestros hermanos de los gruñidores. No tenemos tiempo que perder.

Sin descansar, nos pusimos en marcha aquella misma mañana. El camino era largo. Algunos no llegarían a la meta, pero al menos lo intentarían. Cuando les vi desfilar hacia el puente, me sentí orgulloso de ellos. Ahora comprendía cuál era mi misión, para qué había sido elegido. Dios me había sacado de Ione, mi pequeño pueblo perdido en las montañas de Oregón, para impedir que el mal reinara por completo sobre la tierra. Marché en silencio junto a Katty, Peter y Jane. Mientras miraba la niebla que cubría en parte el puente Golden Gate, hice una breve oración en mi mente. Le pedí a Dios que me ayudara a gobernar a ese pequeño pueblo de desheredados y fracasados. Únicamente Él podía darme las fuerzas y la sabiduría para conseguirlo.

Capítulo XXXIV

PEREGRINACIÓN

NO SABÍA QUE ERA MÁS sencillo vencer en una batalla que gobernar a un pueblo. Las guerras pasan y después queda una sensación de vacío, pero no es sencillo dirigir a la gente. Lo peor de todo era conseguir alimentar a todos cada día. La única posibilidad de llegar a San Diego era conseguir un barco, pero al no tener combustible, debíamos hacernos con un velero. Afortunadamente, teníamos a media docena de personas capaces de gobernar un barco. Aunque lo realmente difícil era encontrar un barco de esas características y en buen estado.

Instalamos el campamento en el parque de Golden Gate; teníamos que pasar la noche allí mientras nuestros exploradores encontraban el barco adecuado.

Nos instalamos en las tiendas de campaña que habíamos tomado de la cárcel. No eran muy cómodas, pero sí suficientes para poder descansar. Esperábamos que los gruñidores nos dejaran en paz por algún tiempo; por lo menos, los informes de los exploradores nos decían que seguían retirándose hacia el sur. El jefe de los gruñidores podía haber vuelto y haber terminado de machacarnos; para él no era nada perder unos miles de sus esclavos, pero imagino que esperaba obtener una presa más golosa en San Diego.

Después de un día agotador, me senté frente a una hoguera y calenté un poco de agua. Por unos minutos me quedé mirando a las llamas, y el simple chasquido de la madera al quemarse y el resplandor del fuego me relajaron de repente. Pensé que en una vida normal yo estaría preocupado por la universidad que debía elegir para graduarme, con la inquietud del que se aleja por primera vez de su casa y su familia; pero la nuestra no era una vida normal. Mientras intentaba tomarme un mejunje parecido a un café, escuché unos pasos a mi espalda. Me giré y vi el bello rostro de Katty. Su cabello rojo brillaba a la luz de la hoguera, como si algunas llamas se hubieran escapado para cubrir su cabeza.

—¿Te molesto? —preguntó muy seria.

—No. ¿Quieres tomar un café? —le pregunté.

—No es mi bebida favorita, pero imagino que me sentará bien algo fuerte —dijo mientras se sentaba a mi lado, con las piernas cruzadas.

—Perdona que no hayamos podido hablar —me disculpé.

—No te preocupes, ya veo que en los días que no nos hemos visto has estado muy ocupado. No sé de dónde sacas las fuerzas —me dijo.

—Imagino que intento no pensar mucho en los líos en que me voy metiendo, pero simplemente me dejo llevar por mi conciencia —le dije. Después le acerqué la taza y volví a quedarme con la mirada perdida.

Permanecimos en silencio mientras tomábamos el café. Su sabor amargo me recordó la primera vez que lo probé siendo poco más que un niño. Mis padres me dejaron tomar café después de dos semanas de insistencia; desde entonces no lo había vuelto a probar, como si la vida te enseñara poco a poco a soportar su amargura.

—¿Crees que merece la pena ir a San Diego? —me preguntó Katty.

—No veo muchas opciones más. Allí se está reconstruyendo nuestro mundo, ellos tienen la cura. Nuestro deber es protegerles y advertirles de la llegada de los gruñidores —le dije.

—Eso está muy bien, pero no creo que lleguemos a tiempo. Ellos nos llevan casi dos días de ventaja —comentó después de dar un sorbo a su taza. Sus grandes ojos azules se abrieron por unos instantes. Era tan bella, que no me extrañaba que hubiera estado a punto de enamorarme de ella.

Cada vez que miraba a Katty me acordaba de Susi, pero intentaba enseguida quitarme la idea de la cabeza. Tenía la sensación de que si continuaba pensando tanto, mi mente terminaría por estallar.

—Llegaremos a tiempo. Si conseguimos el barco, tardaremos menos de dos días. Ellos se mueven lentamente, y por otro lado tampoco tienen mucha prisa. En el fondo, se sienten muy seguros de sí mismos y eso será su perdición. Nosotros éramos un grupo de chicos inexpertos y mal armados, pero les hemos resistido. Soldados de verdad los machacarán —le expliqué a mi amiga.

—Aunque puede que no nos hayan enseñado todas sus armas. ¿No has pensado que a lo mejor lo único que querían era mantenerte lejos de San Diego? —preguntó Katty de manera enigmática.

—¿Sacrificar a miles de gruñidores para que yo no fuera a San Diego? Eso no tiene sentido —le comenté.

—El jefe de los gruñidores teme tu presencia. No sé muy bien por qué, pero en algunas de las conversaciones que tenía con sus lugartenientes, siempre te veía como una gran amenaza —dijo Katty.

—Eso no tiene sentido. Soy un chico de pueblo al que le quedan unas semanas de vida —dije sorprendido. No terminaba de creerme que tuviera nada especial, aunque algo en mi interior me decía lo contrario.

—Hay fuerzas invisibles que luchan en ambos lados, algunos les llaman ángeles. Por alguna razón, esos seres espirituales están de tu lado —comentó Katty.

Las palabras de mi amiga me sorprendieron. Katty no era una persona especialmente intuitiva y se había manifestado como poco espiritual, pero la sensación que tuve en ese momento fue que lo que me decía no provenía exactamente de ella.

Mi padre me había hablado de la lucha espiritual que se desata en los cielos desde antes de la creación del hombre, pero yo nunca había pensado mucho en ese tema. Una mañana de sábado, estaba leyendo en mi habitación cuando me sorprendió un pasaje de la Biblia; mi padre nos obligaba a mi hermano y a mí a leer al menos dos capítulos diarios. Aquella mañana tocaba un texto misterioso del profeta Daniel, si no recuerdo mal era el capítulo 11. Aún recuerdo las palabras:

Entonces me dijo: Daniel, no temas; porque desde el primer día que dispusiste tu corazón a entender y a humillarte en la presencia de tu Dios, fueron oídas tus palabras; y a causa de tus palabras yo he venido.

Mas el príncipe del reino de Persia se me opuso durante veintiún días; pero he aquí Miguel, uno de los principales príncipes, vino para ayudarme, y quedé allí con los reyes de Persia.

*He venido para hacerte saber lo que ha de venir a tu pueblo en los postreros días; porque la visión es para esos días.**

—Tengo que hacer una cosa —le dije a Katty disculpándome.

—¿El qué? —preguntó extrañada.

—Creo que hasta ahora he luchado en esta batalla solo, pero a partir de ahora debo pedir más ayuda —contesté a mi amiga mientras me dirigía a un claro del bosque solitario.

Me acerqué a una gran piedra, y después miré las estrellas que brillaban en la noche despejada. El cielo seguía en el mismo lugar de siempre, incluso la naturaleza parecía recuperarse poco a poco de la Peste, pero los seres humanos continuábamos perdidos.

Me puse de rodillas, e inclinando la cabeza dije:

—Ya no quiero pelear mis batallas, porque ya no son mías. La guerra que tengo que librar es tuya, por eso dame las fuerzas y la sabiduría para vencer —. Mientras las palabras salían de mis labios, comencé a sentir una paz que no podía entender. Ya nunca más tendría que estar solo.

Capítulo XXXV

NAVEGANDO POR EL PACÍFICO

LOS EXPLORADORES LLEGARON A PRIMERA hora de la mañana. Traían buenas noticias. Al otro lado de la bahía, precisamente en Oakland, habían encontrado un velero. El barco estaba en el Museo Hornet, en la Base Naval de Alameda. Pensamos que era mejor que el grupo de expertos llevara el barco hasta el puerto más próximo, para no tener que mover a casi quinientas personas. Mientras acercaban el barco, el resto del grupo se dedicó a buscar comida, armas y cualquier cosa que nos pudiera ser útil. La gente tenía que reunirse en el puerto antes del mediodía. No podíamos retrasar más la salida.

Katty y yo fuimos con el grupo más lento de todos. Teníamos varios heridos, y los equipos más pesados ralentizaban el viaje. A mediodía estábamos en el puerto. Allí nos esperaban casi doscientos de los chicos y chicas, que ya habían reunido todo lo que podían transportar, pero no había ni rastro del barco.

A las dos de la tarde comencé a preocuparme seriamente. Todos estábamos reunidos en el puerto, pero el barco no aparecía. Estaba a punto de desesperarme y enviar a un grupo para buscar el barco, cuando en el horizonte apareció un hermoso velero blanco, con sus velas ondeando al viento. La gente comenzó a dar gritos de alegría, pues aquel era nuestro salvoconducto a «Villa Esperanza».

En cuanto el barco atracó comenzamos a subir las provisiones, municiones, armas y todos los equipos. Yo subí al barco para supervisar toda la operación. Cuando estábamos a la mitad de la carga, escuchamos unas voces de alarma. Miré con los prismáticos y vi una manada de lobos que se aproximaba a mis hombres.

—Da la orden de acelerar el embarque, que abandonen todo lo que queda —dije a Elías, que estaba junto a mí en el puente.

—Pero necesitamos hasta la última lata —contestó.

—Esos lobos terminarán con todos los que estén en tierra, da la orden —le contesté con el ceño fruncido.

Un silbido puso en alerta a todos los que todavía estaban en el puerto. Comenzaron a correr hasta la pasarela, pero los animales también observaron la huida y corrieron tras sus presas. Colocamos a veinte tiradores en cubierta, pero era muy difícil disparar entre la gente. La confusión que reinaba en el puerto hacía muy difícil eliminar a los lobos.

—¡Deprisa! —gritaba desesperado a los pocos que aún quedaban por abordar.

Cuando los últimos alcanzaron la pasarela, abrimos fuego. Después recogimos la pasarela. El barco se separó del puerto y algunos animales cayeron al agua. Miré con los prismáticos y vi una veintena de cuerpos inertes sobre el suelo. Algunos de los animales dejaron de aullar y se dieron la vuelta para despellejar a los cadáveres.

Un par de horas más tarde estábamos entrando en el océano Pacífico. El buen tiempo disipó las sombras de las últimas horas. El barco se encontraba en muy buenas condiciones, pero ordené a la tripulación que lo limpiaran a fondo. En los próximos días aquella sería nuestra casa y, lo que era más importante, si todo salía mal en San Diego, podíamos utilizarlo para ir a alguna isla desierta del Pacífico. Yo no llegaría con vida, pero tal vez en algún lugar aislado todos estuvieran a salvo de los virus que te mataban en cuanto cumplías la mayoría de edad.

El océano estaba revuelto y enseguida sentimos sus efectos, aunque aquello era lo menos importante que podía pasarnos; el fuerte viento del oeste nos hizo renacer, y eso era mucho para gente como nosotros, que llevábamos demasiado tiempo sintiéndonos como muertos en vida.

Capítulo XXXVI

LA TORMENTA

NO ERA LA PRIMERA VEZ que navegaba, pero cuando se desató la tormenta a medianoche, me di cuenta de que hasta ese momento nunca había subido a un barco de verdad. El océano embravecido sacudía la nave como si fuera un cascarón de nuez, pero lo peor de todo era que, al ser un velero, corríamos el peligro de dejarnos llevar por la corriente y perder las velas.

Los chicos subieron por los mástiles y lograron recoger las velas mientras el viento y la lluvia nos sacudían. La mayoría de la gente estaba en el interior del barco, pero Elías y yo habíamos subido a la cabina del piloto para animar a nuestros hombres.

Cuando terminó la difícil operación de recogida de velas, pregunté al chico que gobernaba el timón qué posibilidades teníamos de que la tormenta nos alejara de la costa.

—Es complicado calcular, pero el viento es muy fuerte, aunque afortunadamente sopla del sureste; mientras no cambie, no nos alejaremos mucho de tierra. Lo peligroso es que cambie en las próximas horas y nos lleve con las corrientes hasta el interior del océano —dijo el piloto.

Eran las cinco de la mañana cuando la tormenta amainó un poco. Nos fuimos a descansar con la esperanza de no habernos alejado mucho de la costa. A las diez de la mañana estaba de nuevo en pie. Acudimos al puesto de mando y el piloto calculó la posición del barco.

—Creo que nos hemos alejado algo del rumbo; el viento nos ha llevado algo más al suroeste. Cerca de la isla de Año Nuevo —dijo el piloto.

—Nunca había oído hablar de esa isla —le comenté.

—Está abandonada desde hace mucho tiempo, ahora es una reserva de leones marinos —me contestó.

Continuamos viaje hasta divisar la isla. Una gran casa abandonada, como un viejo barco a la deriva, sobresalía entre las rocas peladas. Mientras miraba con los prismáticos la isla, llegaron hasta la cabina varios marineros.

—Señor, las velas están dañadas —me comentaron.

—¿Hay manera de arreglarlas? —les pregunté.

—Necesitaremos medio día, pero nos faltan algunas cosas imprescindibles para hacerlo —dijo el marinero.

—¿Puedes ponerme en una lista lo que necesitan? Iremos al pequeño pueblo que se ve en la costa para intentar conseguirlo —le contesté.

Organicé una pequeña expedición a tierra. Éramos apenas diez personas, incluidos Peter, Jane y Katty, que prefería no separarse de mí. En una de las barcas nos acercamos a la playa. El acceso era fácil, aunque tuvimos que esquivar a los leones marinos que reposaban sobre las rocas. La colonia de leones marinos era enorme, la naturaleza recuperaba por momentos su exuberancia. En un par de décadas más, los animales y las plantas habrían recuperado gran parte del terreno perdido durante milenios.

Caminamos por la playa, atravesamos la zona pantanosa y llegamos hasta unos campos de cultivo.

—Estos campos están cultivados —dijo Katty observando los surcos y las plantas que comenzaban a sobresalir de la tierra rojiza.

Aquello nos puso en alerta. En un mundo como el nuestro, los forasteros no eran bienvenidos.

—Dividámonos en dos grupos. Ustedes vayan con Peter por allí, el resto síganme —les dije mientras nos acercábamos a las casas.

Caminamos sigilosamente hasta las primeras construcciones. El pueblo estaba intacto, como si todo continuara igual que antes de la Peste. Una sencilla valla de madera era lo único que separaba los campos de cultivo de las casas. Saltamos al otro lado y vimos vacas, cerdos, gallinas y todo tipo de animales en los corrales, pero ni rastro de seres humanos.

Al llegar al centro del pueblo miramos las casas de madera con sus cristales cuadrados y sus visillos blancos; parecían sacadas de un viejo cuento de Dickens, como si el tiempo no pasara en aquella parte del mundo. El suelo estaba empapado por la tormenta del día anterior y sentí frío, cuando el viento comenzó de nuevo a soplar con fuerza.

El otro grupo se reunió con nosotros en el centro de la plaza y entonces vimos cómo varios hombres vestidos con túnicas color azafrán salían por todas partes.

—Bienvenidos a Siddharta —dijo un hombre anciano con una larga barba blanca y la cabeza totalmente rapada. En ese momento, todos se inclinaron y nos hicieron una reverencia.

CAPÍTULO XXXVII

LOS HOMBRES DE ARROZ

NO ME EXTRAÑÓ VER A monjes tibetanos en mitad de California. Los californianos eran capaces de creer en casi cualquier cosa, sobre todo en lo que estuviera de moda, pero en aquel lugar apartado era lo último que esperaba. Aunque lo que me extrañó más fue que todos fueran ancianos, como si a ellos tampoco les hubiera afectado la Peste.

Lo mismo habíamos visto en algunas comunidades Amish, en los indios que vivían en las reservas y en otras personas. ¿Qué era lo que producía el contagio? ¿Por qué se reproducía más rápidamente por las ciudades? ¿Tenía algo que ver la bondad o la maldad de la persona?

Los monjes nos llevaron a lo que parecía un granero por fuera, pero por dentro era un templo budista. Al fondo, el gran Buda nos sonreía en su posición relajada. Olía a incienso y flores, los colores rojos y anaranjados adornaban las paredes, y en el suelo había unas enormes alfombras bordadas a mano.

—Por favor, tomen un té con nosotros —dijo mientras servía un poco en las tazas redondas y sin asas.

—Muchas gracias —le dije.

—Nos alegra recibir visitantes, no hemos visto a nadie desde hace años —comentó el monje que parecía dirigir el templo.

—¿Saben lo que ha pasado en el resto del mundo? —le pregunté.

—Sí, sabemos que la desgracia se ha cernido sobre el mundo. La naturaleza ha tomado venganza. El círculo del karma estaba a punto de romperse y nuestro iluminado lo impidió —nos explicó el monje mientras señalaba al gran Buda.

—Puede que la explicación sea más simple —dijo Katty.

—Todo es simple y complejo a la vez —respondió el monje.

—Eso no puede ser —dijo mi amiga. Para ella la lógica era lo único que podía guiarnos.

—¿Por qué no puede ser? —preguntó el monje.

—Algo no puede ser simple y complejo al mismo tiempo —dijo Katty frunciendo el ceño.

—Una hoja que cae de un árbol, ¿es simple o compleja? —preguntó el monje.

Katty se quedó un momento pensativa. Intuía que la pregunta tenía trampa. Respondiera lo que respondiera, el monje le daría una explicación parecida.

—Las hojas no son ni simples ni complejas —contestó Katty—, simplemente son el instrumento de las plantas para hacer la fotosíntesis.

—¿Únicamente sirven para eso? Entonces ¿por qué todos esos tipos, colores y texturas? —dijo el monje.

—Cada planta se adapta a su medio y las más eficaces sobreviven —comentó Katty.

—¿Piensas que la belleza es importante para sobrevivir? —dijo el monje.

—No —contestó Katty sin pensar mucho. Aquellas preguntas comenzaban a desquiciarla.

—Entonces la belleza es un exceso de la naturaleza, pero eso no encaja, ¿verdad? La naturaleza nunca derrocha nada —dijo el monje.

—Disculpe que interrumpa la conversación —dije al monje—, pero tenemos que partir cuanto antes. Nuestro barco necesita reparar sus velas —le dije, intentando no ofenderle.

—Sí, claro. Que tus hombres vayan a buscar lo que necesiten. Nuestros hermanos les guiarán —dijo el monje.

Nos quedamos unos minutos en silencio. El monje parecía meditar, mientras el sonido de unos platillos relajaba el ambiente. Una idea comenzó a meterse dentro de mi cabeza, taladrándome la mente. ¿Por qué tenían animales en la granja? Los monjes budistas eran vegetarianos y estaban en contra de matar animales y explotarlos.

Miré por la ventana y observé una bandada de pájaros que comenzaban a volar alborotados. Entonces tuve un mal presentimiento.

—Muchas gracias por su hospitalidad, pero tenemos que marcharnos —le dije.

—No tengan prisa, el tiempo es una simple convención humana —dijo el monje.

Me puse en pie, pero no había caminado un paso cuando noté que las fuerzas me fallaban. La vista comenzó a nublárseme, miré a Katty y Jane, pero ellas también estaban mareadas.

—Nosotros somos parte de la naturaleza —dijo el monje—, comprenderán que no vamos a permitir que se marchen de aquí. Es la hora de que paguen por sus culpas.

Comencé a oír la voz cada vez más lejos, hasta que apenas podía abrir los ojos. Me dirigí hacia la salida, pero tuve que aferrarme a una columna para no caerme. Intenté dar un paso, pero el suelo se movía a mi alrededor. Entonces escuché la voz a mi espalda:

—Es hora de que todo comience de nuevo. El mundo es cíclico, nosotros somos los guardianes del tiempo y haremos que todo vuelva a renacer —dijo el monje. Después, todo fue oscuridad.

CAPÍTULO XXXVIII

SACRIFICIO A LOS DIOSES

EL NARCÓTICO ME HIZO SOÑAR con cosas misteriosas. Me encontraba en un laberinto de paredes de seda roja, rosa y color azafrán. Intentaba derrumbar las finas telas, pero si me salía del camino me enredaba, como si estuviera en una tela de araña; después lograba desenredarme y correr por los pasillos. Si miraba arriba veía el cielo azul, abajo la tierra rojiza y arenosa de una playa, pero era incapaz de escapar de allí. No estaba solo en el laberinto, o al menos eso me parecía a mí. En un par de ocasiones vi a Susi y a mi hermano Mike. Les pedí ayuda, pero ellos siguieron corriendo como si no me escucharan.

Al final del laberinto vi una gran fuente con cuatro peces, que con sus colas sujetaban una gran bandeja. El agua caía con su sonido burbujeante, pero de repente el agua se puso roja como la sangre, llegó a desbordar la fuente y cubrir el suelo del laberinto. Yo me asusté, pero escuché una voz que decía:

—No tengas miedo, el río no te anegará, pero es necesario que todo se cubra con la sangre.

Después, un hombre se acercó hasta mí. No era muy atractivo, pero su ropa resplandecía como si manara luz de su interior. Me sonrió, y su nariz aguileña se frunció, achinándole los ojos. Tenía la barba negra y los ojos azules.

—La lucha no ha terminado todavía, confía y saldrás victorioso —me dijo el hombre.

Intenté hablar, pero no me salían las palabras. Después extendí la mano para tocarle, pero se apartó de mí. Luego noté que algo me ahogaba y me desperté.

Intenté moverme pero no pude. Estaba envuelto en una especie de mortaja, sudaba copiosamente y no veía nada, como si mis ojos se hubieran nublado. Cuando logré aclarar la vista, pude intuir un par de cuerpos a mi lado. Levanté la cabeza y moví los labios, pero no logré articular palabra.

La puerta se abrió y se iluminó la sala. Entraron dos monjes, uno me tomó por la espalda y otro por las piernas. Me sacaron del cuarto y me llevaron frente a una especie de gran pira.

—Los cuerpos se purifican por el fuego —dijo el monje.

Les miré asustado, pero recordé las palabras del sueño e intenté tranquilizarme.

—La muerte es solo el principio —dijo el monje.

Todos comenzaron a cantar en una lengua que no reconocía; después los monjes me acercaron hasta la pira y me colocaron sobre los troncos.

—La purificación se completará, nosotros comenzaremos de nuevo el mundo. Dos animales de cada especie, un hombre y una mujer, de allí saldrá la raza humana de nuevo —dijo el monje.

Me moví en la pira intentando desatar los lienzos que me cubrían el cuerpo, pero era imposible. Miré al sacerdote, pero este se encontraba en estado de éxtasis. Miré sobre su cabeza y observé una sombra. Entonces oré para mis adentros: «Señor, ayúdame a ver lo escondido y lo secreto. Lo que no ven los ojos físicos, dame los ojos de la fe».

Abrí de nuevo los ojos y ya no hubo dudas. Por encima del monje, un monstruo alargado que parecía una sombra dirigía al monje como si fuera una marioneta. Intenté reprender a ese demonio, pero tenía la boca tapada. Grité, pero mi voz amortiguada por la venda apenas se oía, pero el demonio debió de percibir algo, porque giró la mirada y me observó con enfado. Entonces me habló directamente:

—¿Me puedes ver, humano? —preguntó con una voz áspera y desagradable.

Hice un gesto afirmativo con la cabeza mientras el monje continuaba con su ritual. Aunque ya no prestaba atención a sus palabras, como si lo que hasta ese momento había estado velado a mis ojos de repente cobrara mucha más importancia que la realidad.

—No será por mucho tiempo. Hoy te reunirás con tus padres y con toda esa bazofia santurrona de la que nos hemos desecho. Quedan muy pocos como tú; cuando no quede ninguno sobre la tierra, intentaremos el asalto a su Reino. Siempre debimos gobernar nosotros, pero Él les prefirió a ustedes —dijo el demonio.

Yo intenté moverme, pero las vendas no cedían. Logré liberar un poco mis labios y grité con todas mis fuerzas.

—¡Para, engendro de Satanás!

Los monjes detuvieron el ritual y me miraron asustados; después escuché unos disparos y un monje lanzó una antorcha a la pira fúnebre. La madera comenzó a arder con rapidez. Sentía el calor subiendo por mi espalda y el humo que comenzaba a asfixiarme. Me estaban quemando vivo.

Con un gran esfuerzo logré girar la cabeza, vi moverse a gente entre los edificios y escuché de nuevo disparos. Después, mi cabeza comenzó a cargarse con el humo y noté que comenzaba a faltarme el aire.

Unas manos me aferraron por debajo y me apartaron del fuego. Tenía la ropa chamuscada, no dejaba de toser y mi corazón latía a toda velocidad. Miré al monje, que seguía de pie con un gesto frío, pero el diablo ya no estaba sobre él.

—¿Estás bien? —me preguntó una voz que tardé en reconocer.

Elías me desató y después fue en busca del resto de compañeros. Afortunadamente, habían llegado a tiempo y yo parecía ser la primera víctima de aquel macabro ritual. Casi la mitad de los monjes estaban muertos, pero su líder estaba vivo.

Me levanté y me acerqué a él furioso. No entendía por qué nos habían hecho eso. El mundo tras la Peste era más peligroso, pero aquella gente parecía pacífica y amigable.

—¿Por qué? —le pregunté.

El monje me miró orgulloso. Después levantó las manos al cielo y dijo:

—El hombre ha destruido el mundo. Nosotros hemos sido elegidos para que este vuelva a empezar. Se necesita un sacrificio para que los espíritus se calmen. Hay millones de almas descarnadas que no se han podido reencarnar, por eso ha caído sobre nosotros su ira. Su barco tiene que servir para dejar a los animales y una pareja en la isla.

—¿De qué isla habla? —pregunté.

—La isla Isabel —me respondió.

—Pero no era necesario derramar sangre —le dije.

Tomamos todo lo necesario, nos llevamos los animales y dejamos la playa al atardecer. Logramos reparar las velas antes de que anocheciera y tomamos rumbo a San Diego. Mientras miraba por la borda y veía la costa alejarse, una idea no dejaba de asaltar mi mente: ¿A cuántos peligros más tendría que enfrentarme antes de cumplir mi destino? Aunque mi verdadera preocupación era que el tiempo se me terminaba. En poco más de dos semanas cumpliría los dieciocho años, y mi vida terminaría de una manera u otra.

CAPÍTULO XXXIX

MONTERREY

TRAS UN DÍA DE NAVEGACIÓN tranquila, llegamos frente a las costas de Monterrey. La ciudad portuaria tenía una hermosa forma de cuenco. Bordeamos la costa sin atrevernos a aproximarnos, ya que después de la última experiencia no queríamos desembarcar a no ser que fuera estrictamente necesario; pero apenas estábamos pasando la ciudad, cuando desde la cabina observaron que alguien hacía señales luminosas con un código morse.

Me avisaron para que subiera a la cubierta. En ese momento me estaban curando la pierna, que ya tenía bien. Cuando llegué al puente, pude ver las luces parpadeantes.

—¿Qué significa eso? —pregunté.

Nadie parecía conocer el código morse. Preguntamos al resto de los chicos y chicas, hasta que dimos con un chico asiático que nos dijo que él sí conocía el código.

Tras observar las señales, el chico se giró a nosotros y nos comentó:

—Están pidiendo ayuda. Está claro que tienen apuros.

—Puede ser otra trampa —dijo Elías.

—No podemos acudir en ayuda de todo el que se cruce en nuestro camino —dijo Mona.

—Yo creo que sí. Al fin y al cabo regresé a buscarles a todos ustedes; podía haberme marchado a Villa Esperanza yo solo, pero la vida es mucho más que salvar nuestro pellejo —les comenté.

—Está bien —dijo Elías malhumorado—, pero únicamente irán cuatro personas y no esperaremos más de dos horas.

—Yo iré —les dije.

—Tú no, es demasiado peligroso —dijo Elías.

—Lo siento, pero tengo que ir. No puedo pedir a nadie que lo haga por mí —comenté.

Cuando Katty insistió en acompañarme, le dije que era mejor que descansara, ya que después del último susto seguía algo alterada. Vinieron tres chicos conmigo y Jane, que no quería perderse la aventura por nada del mundo.

Salimos en una barca hacia la Bahía Spanish. Dejamos el barco en la arena y subimos hacia lo que parecía un antiguo campo de golf y una urbanización privada. Caminamos entre los pinos que poco a poco invadían los campos de césped. Si nuestros cálculos no fallaban, la casa desde la que se habían hecho las señales estaba en lo más alto de la colina.

Ascendimos con dificultad, pero en unos minutos estábamos frente a la casa. Por fuera no se observaba nada sospechoso. Nos acercamos a la puerta trasera y entramos con cuidado, pues no sabíamos qué podíamos encontrarnos dentro.

La cocina estaba ordenada y limpia, el salón y el aseo también parecían en perfecto uso. Subimos a la primera planta, que parecía tan tranquila como la inferior. Había cuatro habitaciones y el acceso a una buhardilla.

Después de registrar todo bien, subimos a la buhardilla por una escalera plegable de madera.

—Déjenme que suba yo primero —le pedí al resto del grupo.

Asomé la cabeza lentamente y vi a unos niños pequeños que no tenían más de tres y siete años. Estaban solos; sus ropas, aunque remendadas, estaban limpias. Me miraron con sus ojos verdes, parecían sentir curiosidad por mí. Di un salto y entré en la buhardilla, y el resto de mis compañeros me siguieron.

—¿Están solos? —les pregunté.

La más mayor afirmó con la cabeza. Me aproximé a ellos y los examiné con más cuidado, pues quería asegurarme de que no tuvieran algo raro. Parecían estar sanos y sin infectar.

—¿Dónde están sus padres? —les pregunté.

—Murieron hace tiempo. Bueno, primero se convirtieron en esas cosas horribles; durante este tiempo nos ha cuidado mi hermana mayor, ayer celebramos su cumpleaños —me dijo.

—¿Dónde está tu hermana? —les pregunté.

—Después de la fiesta no subió aquí, nos dejó comida y nos dijo que no saliéramos. Desde entonces no la hemos vuelto a ver —explicó la niña. Después se le aguaron los ojos y comenzó a llorar.

Aquella era otra de las tristes historias que aquel mundo inhóspito provocaba cada día. Me agaché junto a la niña y la abracé.

—No te preocupes, todo saldrá bien —le dije.

—¿Dónde está mi hermana? —preguntó entre sollozos.

—La buscaremos en un momento —dijo Jane.

—¿Dónde has aprendido a hacer esas señales? —le pregunté.

—¿Qué señales? —me contestó confusa.

—Las señales con el reflejo del sol, por eso hemos venido. ¿Sabes el código morse? —preguntó Jane.

—No, tiene que haber sido mi hermana —contestó.

—Quédense aquí con las niñas, vamos a buscar a la hermana —les ordené.

Registramos de nuevo la casa, pero no vimos a nadie. Después salimos a la parte delantera de la casa. En un balancín de madera en el porche, estaba sentada una chica. Tenía un vestido de flores vaporoso, el cabello rubio recogido en un moño con un lazo rosa. Nos pusimos enfrente de ella, y la chica levantó la vista. Su rostro estaba surcado por venas azules, tenía los ojos hinchados y la boca dislocada. Sin duda, se estaba transformando. Me hizo un gesto e intentó hablar, pero apenas la entendí.

—Mis hermanos —logró decir al fin.

—Están bien, los llevaremos a un lugar seguro —le contesté.

—Gracias.

Dos lágrimas recorrieron sus mejillas y terminaron en su boca deforme.

—¿Tú hiciste las señales? —pregunté.

Hizo un gesto afirmativo. Después volvió a bajar la cabeza. En unas horas se convertiría en un gruñidor más. Sus recuerdos y su personalidad quedarían anulados. Lo mismo me esperaba a mí, pensé mientras dejábamos la casa con los niños. Aun peor que dejar de ser, era convertirme en una especie de guiñapo de mí mismo.

Cuando llegamos a la playa, miré hacia atrás. La chica estaba en el borde de su jardín, levantó la mano y me saludó. Los niños se detuvieron, y cuando la vieron la saludaron con la mano.

—Es nuestra hermana —dijo la niña mientras agitaba el brazo.

Subimos a la barca y remamos hasta el barco. El casco blanco brillaba sobre el mar color turquesa. Cuando subimos a los niños a bordo, todos nos miraron intrigados. No tenía ganas de dar explicaciones, así que me dirigí a mi camarote y me eché vestido sobre la cama. Comencé a llorar; no podía soportar más aquella presión sobre mis hombros. Saber el día de tu muerte era lo peor que podía pasar a un ser humano. Condenado a vagar para siempre como un alma en pena. Ese era el destino que me esperaba.

CAPÍTULO XL

EL ÚLTIMO TRAMO
DEL CAMINO

DESPUÉS DE LA CENA NOS fuimos a descansar. No tenía muchas ganas de hablar con nadie, prefería la soledad del camarote y descansar lo poco que nos quedaba de viaje. En un par de días estaríamos frente a las costas de Los Ángeles.

Estaba profundamente dormido cuando escuché un fuerte golpe y cómo el barco se detenía en seco. Me caí de la cama, y cuando me puse en pie, percibí que el barco se encontraba escorado hacia un lado. Subí rápidamente a cubierta. En el camino había mucha gente que me preguntaba qué estaba pasando, e intenté tranquilizar a todos. No quería que nadie se asustara, era mejor que no se propagara el pánico.

Cuando por fin llegué a cubierta, más de doscientos de los chicos y chicas ya estaban allí. Muchos miraban por la borda, pero eso hacía que el barco se escorara aun más.

—¡Pónganse al otro lado! —grité.

La gente se movió y el barco recuperó en parte su posición. Después subí a grandes zancadas hasta la cabina del piloto.

—¿Qué ha sucedido? —pregunté al timonel.

—No estoy seguro, creo que hemos encallado. En esta zona hay bancos de arena y rocas —contestó nervioso.

—¿Qué podemos hacer? —le pregunté enojado. No parecía que el chico llegara a reaccionar.

—No lo sé. Está todavía oscuro y es difícil evaluar los daños. Tendremos que esperar a que amanezca —contestó el piloto.

El barco se escoró de repente y todos caímos a un lado, entonces notamos que comenzaba a hundirse.

—Tenemos que evacuar. ¿Nos encontramos muy lejos de la costa? —pregunté.

—A menos de un par de millas —dijo el piloto.

—¿Cuántas barcas de emergencia tenemos? —pregunté.

—Creo que cuatro con capacidad para veinte personas —dijo Elías, que acababa de llegar a la cabina.

—Son muy pocas —le dije.

—Tendremos que hacer diez viajes para sacar a todo el mundo. Eso nos llevará dos horas o tres —dijo Elías.

—¿Cuánto tiempo nos queda? —pregunté al piloto.

El chico se puso a tartamudear. No era un experto marinero, simplemente había manejado barcos con su padre cuando era niño.

—Es difícil de saber, tal vez una hora, pero no podemos contar con mucho tiempo —contestó el piloto.

—Hay que darse prisa y evacuar a los primeros —les dije.

Corrimos a cubierta y pedimos a los jefes de batallón que organizaran a la gente. Lo último que necesitábamos eran escenas de pánico. Las olas golpeaban contra el casco. El océano estaba bravo y zarandeaba el barco. A cada rato se escuchaba el quejido del metal abriéndose contra las rocas.

—¡Por favor, suban a las barcas ordenadamente! —ordené mientras se cargaban las primeras.

—¿Cuántos metemos en cada una? —preguntó Katty, que estaba ayudando a la gente a embarcarse.

—Tenemos que meter a treinta; son de veinte, pero no tenemos tanto tiempo —le contesté.

Las primeras cuatro barcas salieron en dirección a la costa, pero el tiempo se agotaba. Sacamos todos los chalecos salvavidas que encontramos; después buscamos en el barco algún tipo de embarcación y vimos un par de lanchas hinchables, que pudieron transportar a otras veinte personas.

El barco se hundía lentamente. Cuando llegaron las barcas, montamos al segundo grupo a bordo, pero no estaba seguro de que el barco aguantara otros dos viajes.

—¿Qué hacemos con las reservas de comida, las armas...? —preguntó Elías, que no había dejado de correr de un lado al otro salvando a gente.

—Tendrán que salir en las últimas barcas —le comenté.

Cuando hicimos el tercer embarque, el barco estaba comenzando a tumbarse y el agua subía por las escaleras y comenzaba a salir por la cubierta.

—No hay tiempo —me dijo el piloto, bajando desde la cabina de mando.

—¿Qué hacemos? —me preguntó Katty.

—Tendremos que saltar al agua y alejarnos del barco —les contesté.

La gente comenzó a saltar por la borda, y yo esperé a que se desalojara la mayor parte antes de tirarme. Elías estaba a mi lado, también Katty y otros de los jefes.

—¿Dónde está el gruñidor? —pregunté a Elías.

—¿Qué más da? No vale la pena —dijo mientras se tiraba al agua.

Me aparté de la borda y bajé por las escaleras; el barco estaba completamente escorado y el agua cubría el suelo. Corrí hasta el camarote e intenté abrir la puerta, pero el agua hacía presión y no podía hacerlo.

Tiré con todas mis fuerzas y logré abrirla. El reverendo Jack Speck estaba sobre el agua, y parecía ahogado. Lo levanté y arrastré hacia fuera. Cuando salimos a cubierta, el barco comenzó a hundirse a más velocidad. Nos tiramos al agua e intenté nadar para alejarme, pero a medida que el barco se hundía, me atraía hacia el fondo. Comencé a tragar agua, y apenas podía mantenerme a flote con el reverendo agarrado con un brazo. Me faltaba el aire y me hundí. Noté unas manos que me sacaban, respiré y vi el rostro de Elías.

—Déjame a mí a este tipo —comentó mientras agarraba al hombre y lo llevaba hacia la orilla.

Nadamos durante casi media hora antes de llegar a la blanquísima arena de la playa. El sol ya había salido, y cuando alcé la vista pude ver a todos los supervivientes tumbados sobre la arena.

Salí del agua sin aliento y me tumbé en las dunas. Intenté recuperar el aliento y después me puse en pie. Elías estaba a mi lado.

—¿Sabemos cuántos han desaparecido? —pregunté.

—Calculo que unos cuarenta —me dijo.

—Dios mío, es terrible —dije llevándome las manos a la cara.

—Hemos salvado un centenar de armas y algo de comida, pero se ha perdido casi todo el cargamento —dijo Elías.

Mientras miraba a las dunas, sin saber en el sitio exacto en que nos encontrábamos, no quise pensar qué pasaría en los próximos días, sin transporte, sin alimentos y en mitad de ninguna parte. El último tramo del viaje sería una verdadera aventura, aunque su nombre más exacto era suicidio.

Capítulo XLI

LAS DUNAS

TODOS MIS PLANES SE HABÍAN ido al traste. Era imposible que adelantáramos al ejército de gruñidores. Nuestra única esperanza consistía en que los soldados de «Villa Esperanza» resistieran el ataque de aquellos monstruos o lograran derrotarlos.

Durante toda la mañana evaluamos las bajas, contamos las provisiones que nos quedaban y qué posibilidad teníamos de transportar a poco más de cuatrocientas personas. Delante de nosotros había varias montañas de dunas, pero al otro lado, según reflejaba el mapa, estaban las afueras de la ciudad de Santa María.

Por la tarde nos reunimos todos los jefes para planear una estrategia. El estado de ánimo del grupo era muy bajo. Todos habíamos perdido a amigos y algunos a hermanos o familiares cercanos.

—La única posibilidad para llegar a tiempo es que nos dividamos en dos grupos. Cien de nosotros deberían avanzar a toda prisa y llegar cuanto antes a San Diego, el resto iría más lentamente. Si logramos llegar a tiempo, podremos regresar después a buscar al resto —dijo Elías.

—No nos dividiremos. El segundo grupo sería demasiado vulnerable, lo mejor es que marchemos todos juntos. Ya no importa llegar a San Diego —les comenté.

—No nos vengas con monsergas, tú te has rendido. ¿Qué te queda para la transformación? ¿Dos semanas tal vez? Puede que si llegamos a tiempo y te inyectan la cura sobrevivas, pero seguir a estas tortugas por toda la costa de California es como firmar tu sentencia de muerte —dijo Elías.

Sabía que tenía razón. Las posibilidades de llegar a San Diego transformado en un gruñidor eran muy altas. Aunque en cierto sentido me veía como Moisés llevando a los israelitas hasta la Tierra Prometida, pero quedándose fuera, sin entrar a ella.

—No necesitamos héroes, te queremos vivo —dijo Katty.

Me sorprendió que ella se pusiera en la misma postura que Elías, aunque sabía que ella lo hacía por razones diferentes. Elías quería deshacerse de los estorbos; siempre había pensado que en el mundo tras la Gran Peste, los únicos que debían sobrevivir eran los más aptos. En cierto sentido, muchos veían al ser humano como un animal más, que tenía que luchar en la cadena animal por mantenerse con vida. Yo no pensaba así; precisamente el ser humano se caracterizaba por su compasión y amor por los demás.

—No puedo dejarlos a su suerte —dije señalando a la gente que estaba sentada cerca de nosotros.

—Morirán de todas formas —dijo Mona.

—Tiene que haber otra solución. Mañana partiremos para reconocer el pueblo, tal vez encontremos transportes —les dije.

Di la reunión por terminada y me acerqué al reverendo Jack Speck, cuyo aspecto era aun peor que por la mañana. Tenía la sensación de que estaba a punto de morir.

—¿Qué vienes a hacer? ¿Quieres ver morir a un monstruo? —me preguntó.

—No va a morir —le contesté. Después me senté a su lado, sobre un montículo de hierba.

Miré hacia el océano. Estaba más tranquilo que por la mañana, pero sus olas seguían golpeando incansables la arena de la playa. Su fuerza me transmitió ánimo, como si pudiera absorber esa energía.

—Te queda muy poco, puedo sentirlo —dijo el reverendo.

—Sí, me queda poco, pero lucharé hasta el último suspiro para recuperar esta tierra; no puedo rendirme ahora.

—No te resistas, ya te he dicho que es inútil. Ellos vencerán —dijo el reverendo.

Me sorprendió que calificara a los gruñidores como «ellos»; en cierto sentido, él todavía se veía diferente. Le miré directamente a los ojos. Su aspecto me repelía, pero todavía conservaba el semblante del hombre que nos salvó y guardó en aquel sótano de la iglesia.

—¿Cuáles son sus planes? —pregunté.

—Destruir San Diego y terminar con toda esperanza. La esperanza es lo que impide que triunfemos. Mientras haya un ser humano que siga creyendo, estaremos en peligro.

—Lo entiendo, pero ¿cómo lo harán? —le pregunté de nuevo.

—Tenemos una ventaja con respecto a los seres humanos. Nuestros aliados son muy fuertes...

—¿Habla de los demonios? —le interrumpí.

—Sí, de ellos, pero también de ciertos humanos que están de nuestro lado. Esta lucha comenzó hace muchos siglos, antes de que los seres humanos habitáramos la Tierra. En el Génesis lo deja bien claro:

En el principio creó Dios los cielos y la tierra. Y la tierra estaba desordenada y vacía, y las tinieblas estaban sobre la faz del abismo, y el Espíritu de Dios se movía sobre la faz de las aguas.[*]

—No entiendo qué quiere decir.

—Muy sencillo. Tú crees que Dios crea algo «desordenado y vacío». Dios es orden y su presencia lo llena todo. La Tierra estaba desordenada y vacía por la lucha que se había producido poco antes. Satanás fue lanzado a la Tierra, como dice en el libro del profeta Isaías:

Todos ellos darán voces, y te dirán: ¿Tú también te debilitaste como nosotros, y llegaste a ser como nosotros? Descendió al Seol tu soberbia, y el sonido de tus arpas; gusanos serán tu cama, y gusanos te cubrirán. ¡Cómo caíste del cielo, oh Lucero, hijo de la mañana! Cortado fuiste por tierra, tú que debilitabas a las naciones. Tú que decías en tu corazón: Subiré al cielo; en lo alto, junto a las estrellas de Dios, levantaré mi trono, y en el monte del testimonio me sentaré, a los lados del norte; sobre las alturas de las nubes subiré, y seré semejante al Altísimo. Mas tú derribado eres hasta el Seol, a los lados del abismo. Se inclinarán hacia ti los que te vean, te contemplarán, diciendo: ¿Es éste aquel varón que hacía temblar la tierra, que trastornaba los reinos; que puso el mundo como un desierto, que asoló sus ciudades, que a sus presos nunca abrió la cárcel? Todos los reyes de las naciones, todos ellos yacen con honra cada uno en su morada; pero tú echado eres de tu sepulcro como vástago abominable, como vestido de muertos pasados a espada, que descendieron al fondo de la sepultura; como cuerpo muerto hollado.[**]

---

* Génesis 1.1,2.
** Isaías 14.10—19.

Cuando el reverendo terminó de recitar el texto, me miró y con una leve sonrisa dijo:

—Lucifer, el diablo, fue derrotado en los cielos y arrojado al abismo de la Tierra. Desde entonces gobierna este mundo, aunque con un poder limitado. Hasta ahora, claro está. Por eso este mundo estaba desordenado y vacío. Ellos son tan antiguos que saben todos los trucos, no lograrás vencerlos.

—Pero también están los ángeles —le dije.

—Los ángeles únicamente actúan cuando Dios les da permiso, y no creo que te ayuden en este momento —dijo el reverendo.

—¿Cuál es el plan del jefe de los gruñidores? —volví a preguntar.

—San Diego es uno de los puertos más inexpugnables de los viejos Estados Unidos, tiene una base naval muy importante. El océano le protege por el sur y el oeste, las montañas por el este, la única entrada natural es por el norte, pero los soldados habrán cubierto esa franja. La bahía es muy estrecha, y «Villa Esperanza» está justo en el saliente, protegida por agua menos el pasillo de tierra del sur. Esas dos líneas de defensa parecen imbatibles, pero nuestro jefe engañará a todos —dijo el reverendo.

Sabía que no podía sacar nada más al pastor Jack Speck, pero al menos podría contarme su teoría sobre el surgimiento de los gruñidores. Le alcancé un poco de agua a sus resecos labios y él me miró y sonrió.

—Tus buenas obras no te salvarán —dijo, enseñando todos sus dientes podridos.

—Ya lo sé —le contesté.

—Es cierto. No me acordaba de que eres el hijo de un pastor paleto de Oregón —dijo con sorna.

—¿Por qué surgieron los gruñidores? ¿Dónde están los que desaparecieron aquella noche? —le pregunté.

—Simplemente hay que leer con entendimiento. Todo está escrito en la Biblia. Lo que pasa es que la gente prefiere no ver; es mucho mejor estar ciego, como en el viejo coro: *Fui ciego mas hoy miro yo...*[*]

Conocía perfectamente el coro de «Sublime gracia». El pastor Jack Speck estaba jugando conmigo, pero debía saber lo que pensaba antes de que falleciera.

---

[*] «Sublime gracia», letra original en inglés por John Newton, 1979. Traducción desconocida.

—Sabe que Dios le puede perdonar.

—¡No digas eso! —gritó enfurecido, como si recuperara las fuerzas de repente.

—Él es misericordioso.

—¿Misericordioso? Nos creó para torturarnos, siempre escondido entre bambalinas. Llevo toda la vida en su búsqueda, pero Dios es siempre esquivo —dijo el reverendo.

—Nos contó algo muy diferente en el sótano de su iglesia. Nos explicó que la causa de todo este desastre es la incredulidad. Cuando el hombre no cree en Dios, es capaz de creer en cualquier cosa —le comenté.

Por unos instantes los ojos del reverendo se humedecieron, su expresión cambió de nuevo, como si sufriera una gran lucha interna. Después levantó la cabeza y me dijo:

—La Peste fue causada por nuestra maldad, por eso algún día volverán los que se fueron.

Apenas pronunció esas palabras, mis ojos se llenaron de lágrimas. Sentí cómo el corazón me latía más fuerte.

—Volverán, Tes. Tenlo por seguro.

El reverendo apoyó la cabeza en la arena y cerró los ojos. Su cuerpo comenzó a transformarse; su rostro recuperó las facciones humanas delante de mis ojos, después exhaló y en unos segundos se deshizo, convirtiéndose en polvo.

CAPÍTULO XLII

CAMINO A LOS ÁNGELES

A LA MAÑANA SIGUIENTE ME dolía todo el cuerpo; la humedad de la playa me había calado hasta los huesos. Diez exploradores nos dirigimos hasta el pueblo de Santa María. Después de dos horas de caminata bajo un sol abrasador, llegamos hasta la ciudad. No vimos a ningún gruñidor, como si se los hubiera tragado la tierra, y tampoco había ni rastro de seres humanos. La ciudad se conservaba bastante bien; aunque había autos atravesados y alguna casa quemada, el resto del pueblo parecía simplemente adormecido. Los jardines estaban asilvestrados y la hierba nacía por las aceras y entre el asfalto, pero prácticamente todo parecía tranquilo.

—Espero que podamos encontrar vehículos y combustible —dijo Elías, que se había apuntado a la exploración.

—Sería un milagro —comenté.

—Tú siempre estás hablando de milagros, pues a ver si vemos uno —bromeó Elías.

Pateamos la ciudad sin mucho resultado hasta llegar a la Avenida Nicholson, allí había varios autobuses y lo que parecía una pequeña universidad.

—Comprueben los vehículos, yo voy a echar un vistazo dentro —dije a los chicos.

—Te acompaño —dijo Peter.

Entramos en el edificio y enseguida comprendí que aquella universidad era militar. Era nuestro día de suerte. No era una idea descabellada que encontráramos armas y municiones. Nos adentramos por los pasillos en penumbra hasta los sótanos. Todo estaba ordenado, como si alguien lo acabara de abandonar ese mismo día. Caminamos hasta una verja metálica.

—Eso son armas —dijo Peter señalando al otro lado.

Llamamos a los chicos para recopilar todo el material posible, y después pregunté a Elías por el estado de los cuatro autobuses.

—Están en buen estado, pero apenas tienen combustible —comentó.

—Pues ese es nuestro siguiente objetivo.

Dejamos a cuatro de los hombres allí y el resto fuimos en busca de combustible. Tuvimos que caminar mucho hasta llegar a una gasolinera. Comprobamos los tanques y, afortunadamente, estaban llenos.

Después de cargar de combustible los cuatro autobuses y cuatro todoterrenos que fuimos recopilando, nos dirigimos de nuevo hacia las dunas. Tardamos dos horas más en mover todo el material recuperado y llevar a la gente hasta los autobuses. A última hora de la tarde estábamos en marcha en dirección a Oxnar, la última ciudad antes de llegar a Los Ángeles.

Katty iba sentada a mi lado en el primer todoterreno. Nuestro vehículo abría la marcha. Tomamos la carretera 101, porque temíamos que los gruñidores tuvieran vigilada la interestatal 5. Quería que el jefe de aquellos monstruos tardase lo máximo posible en enterarse de que estábamos cerca.

Viajar en auto después de los últimos días en barco fue un verdadero placer. Nada de sufrir mareos, tormentas ni naufragios. Prefería tener los pies sobre la tierra. Katty se limitaba a mirar por la ventanilla, algo recostada sobre el asiento. Cuando dejamos atrás la ciudad y nos adentramos en las colinas, el paisaje cambió por completo. Ya no era tan seco como más al norte. Las praderas verdes salpicadas de árboles eran muy bellas, la carretera serpenteaba tranquilamente sin llegar nunca a resultar incómoda. Parecía que estábamos haciendo una tranquila excursión, en un plácido día de vacaciones.

La carretera poco a poco se alejaba de la costa para bordear varios parques nacionales, aquella zona no parecía estar tan próxima a uno de los lugares más poblados del planeta. La ciudad de Los Ángeles era un gran monstruo capaz de devorar a sus propios habitantes.

—¿Piensas que el jefe de los gruñidores habrá reclutado a muchos de los suyos en Los Ángeles? —preguntó Katty, como si me estuviera leyendo el pensamiento.

—Me temo que sí —le contesté—. Piensa que en esa ciudad la mayoría ya eran gruñidores antes de la Gran Peste.

—Pues tendremos que evitar entrar en la ciudad —me comentó.

—Lo intentaremos. Creo que podemos ir por la carretera 23 al pasar Thousand Oaks y después tomar la carretera 118 hasta la interestatal 210. De esa manera iremos bordeando Los Ángeles, pero sin meternos en la ciudad —le expliqué.

—Espero que no se tuerzan nuestros planes —dijo mientras el auto seguía recorriendo las montañas.

Antes de la puesta del sol nos detuvimos en Santa Bárbara. Buscamos un lugar despejado en el que descansar. Al final elegimos el Parque Elings. Dividimos al grupo en cuatro, para poder hacer la cena y realizar las tareas. Aquella noche fue tranquila y pudimos recuperar en parte la calma. Llevábamos varios días sobresaltados por los acontecimientos. La vida después de la Gran Peste podría ser de todo menos monótona. Mientras intentaba dormir un poco en el auto, las palabras del pastor Jack Speck venían a mi mente. Mis padres y todos los que se habían ido regresarían, pero lo que no entendía era cómo. Imaginé que de una manera tan sorprendente como habían desaparecido, aunque todo el mundo nos engañara haciéndonos creer que estaban muertos.

Capítulo XLIII

LARGAS COLUMNAS DE MUERTE

A LA MAÑANA SIGUIENTE, TOMAMOS todos los transportes y continuamos nuestro camino. No habíamos encontrado ni un solo gruñidor; no es que nos preocupara mucho, pero eso alimentaba mis sospechas. Todos los gruñidores de la costa oeste se estaban reuniendo cerca de San Diego, y eso significaba millones de monstruos. No había armas suficientes para exterminarlos, y si estaba en lo cierto, nos dirigíamos directamente a la boca del lobo.

Katty debió de notar mi preocupación, porque en cuanto comencé a conducir me preguntó qué me sucedía.

—Tal vez esté equivocado, pero creo que la razón por la que no vemos gruñidores es porque se están concentrando más al sur —le dije.

—¿Tú crees? —preguntó Katty.

—No hay otra explicación. En estas zonas más pobladas tendríamos que haber visto muchos.

—Entonces sería mejor que nos dirigiéramos a otro lado —dijo Katty.

—Es el único sitio que conocemos con la cura y en el que hay algo parecido a un estado organizado, no tenemos a donde ir —le dije.

Mi amiga dio un fuerte suspiro. Ninguno de nosotros entendía por qué las cosas eran tan difíciles. A veces me sentía como un autómata, viajando de un lugar a otro, cada vez menos sensible al sufrimiento ajeno y con la sensación de huir hacia ninguna parte.

—Todo saldrá bien cuando lleguemos a «Villa Esperanza» —le dije para tranquilizarla.

La costa en esta zona del país era realmente bella. Los pueblos se sucedían repletos de lugares de vacaciones y de bucólicas casas al lado del mar. La ciudad de Oxnard no sobresalía por su belleza. Desde aquel punto del camino nos metíamos otra vez tierra adentro, bordeando las montañas y pasando por las ciudades que rodeaban a Los Ángeles.

El valle se encontraba a nuestros pies cuando tomamos la carretera 180. Todo parecía tranquilo, demasiado tranquilo para aquella zona tan poblada. Cuando llegamos a San Fernando para tomar la interestatal 210, vimos algo extraño a lo lejos. Detuve el auto y me puse al pie de la carretera para mirar con los prismáticos. No se veía gran cosa, pero sin duda había algo en la interestatal 5.

—¿Qué sucede? —me preguntó Elías.

—No sé qué es eso, pero no me gusta —le dije señalando el horizonte.

Elías tomó mis prismáticos y se quedó un rato observando, después me los devolvió.

—Lo que quiera que sea, parece moverse —dijo con el ceño fruncido.

—Tenemos que acercarnos un poco más y comprobar de qué se trata —comenté.

Dejamos los autobuses a un lado de la carretera, y con uno de los autos nos acercamos a la interestatal 5. Bordeamos uno de los cañones hasta estar suficientemente cerca; después estacionamos el auto y nos metimos en uno de los jardines. Nos tumbamos en el suelo y volvimos a mirar con los prismáticos.

Lo que vimos nos dejó absolutamente aterrados. Una columna de varias millas cubría toda la autopista. Los gruñidores caminaban en una gigantesca manada hacia el sur. Debían de ser cientos de miles, o quizá millones.

—Tenemos que dar la vuelta —dijo Elías muy alterado.

—No, seguiremos adelante —le contesté.

Elías se puso en pie y, señalando al horizonte, me dijo:

—¿Estás loco? Son millones, no podremos vencerles.

—Tenemos que avisar a la gente de San Diego para que evacúen la ciudad. Nos adelantaremos con el auto —le ordené.

—Nos volveremos al norte —dijo Elías muy alterado.

—No, Elías, tenemos que seguir —le contesté.

Elías me empujó y perdí el equilibrio, y estuve a punto de caer por el barranco; entonces él se acercó de nuevo y volvió a empujarme.

—Ya he aguantado suficiente —dijo mientras me abatió.

Me precipité por el barranco, pero logré agarrarme de una roca. Él me pisó los dedos. El dolor era insoportable. Solté primero una mano y luego, no pudiendo aguantar más, la otra.

Capítulo XLIV

PRIMERA MUERTE

PRECIPITARSE AL VACÍO ES UNA sensación agradable, como si estuvieras en una atracción de feria, pero con la diferencia de que sabes que al final no habrá ningún cinturón que te detenga. Durante unos segundos pensé que mi tiempo en la tierra había terminado, aunque uno nunca sabe realmente cuándo la vida acaba.

El golpe fue fuerte, pero no mortal. Debajo del acantilado había un saliente a unos pocos pies de altura. Miré al fondo del precipicio e intenté subir por la pared de roca. Tenía los dedos doloridos y un hombro dislocado. Tuve que emplear casi toda la tarde para llegar de nuevo arriba. No sabía qué le habría contado Elías al resto, pero dudaba que vinieran a buscarme. Estaba solo de nuevo, aunque esta vez era mucho peor. Millones de gruñidores rondaban por todas partes, y mis posibilidades de llegar a pie a San Diego eran casi nulas.

Entré en la casa con la esperanza de encontrar algo de bebida y comida, pues me sentía exhausto y sediento. Al final vi algunas botellas de agua y dos latas de atún. Comí con ganas y después me senté a descansar.

No sabía qué hacer. Regresar era un suicidio. Si no encontraba un remedio a tiempo terminaría como esos pobres diablos que caminaban de manera autómata hacia el sur, pero si me acercaba a «Villa Esperanza» moriría igualmente.

Al final me quedé dormido, y cuando me desperté comenzaba a anochecer. Decidí quedarme allí hasta que amaneciera; no se me ocurría nada mejor, y por la noche era peligroso viajar.

La noche fue tranquila y reparadora, y por la mañana me sentía más despejado y optimista. Decidí orar un rato antes de emprender viaje; tenía que echar mano de mi mejor recurso.

Tomé una mochila vieja, algunas latas y una bicicleta; no era mucho, pero me ayudaría a resistir un par de días. Me puse en marcha intentando evitar la interestatal 5. Regresé a la interestatal 210 y durante varias millas recorrí el camino tranquilo, sin encontrar a ningún gruñidor.

Por la tarde había llegado a San Bernardino. Después quería tomar la interestatal 10, que corría paralela a la interestatal 5, pero sin que nunca se encontraran.

Intenté buscar un vehículo más cómodo, pero no encontré ninguno. Era imposible conseguir algún auto. Por la noche llegué hasta Moreno Valley y desde allí me desvié a la interestatal 10. Decidí pasar la noche en un pequeño pueblo llamado Beaumont. Me metí en una casa a las afueras y dormí en un viejo sofá tapado con una manta. La soledad comenzaba a pesarme como un viejo saco repleto de arena; en algunos momentos pensé que me volvería loco.

CAPÍTULO XLV

EL LAGO

LA HONESTIDAD SIEMPRE ME HA causado problemas, pero el camino más corto para ser infeliz es terminar haciendo lo que los demás creen que está bien y no lo que tú piensas que lo está. Mientras pedaleaba bajo el intenso sol californiano, no dejaba de darle vueltas a lo cambiante que es la vida. En las últimas semanas había atravesado bosques, escapado de todo tipo de gente loca, salvado mi vida en varias ocasiones, encontrado gente maravillosa, y también había luchado contra mis propios miedos y había vencido. Temía que las personas que más quería sufrieran o murieran, me aterrorizaba mi propia muerte, el dolor físico y no importarle a nadie en el mundo. Ahora me sentía en paz conmigo mismo. Imagino que eso era lo que otros llaman madurez, pero yo lo llamo equilibrio. El equilibrio es la proporción, el peso justo de cada cosa. No debemos preocuparnos en exceso, pero tampoco ser unos absolutos descerebrados.

El sol comenzaba a afectarme a la cabeza cuando me detuve a descansar en Palm Springs. Siempre había soñado con vivir en California. Cuando uno ha nacido en un lugar recóndito y apartado, siempre se imagina en sitios paradisíacos como el valle cercano a Los Ángeles. Todas las casas estaban vacías; los autos, las piscinas, y tenía al alcance cualquier cosa que quisiera tener, pero esas cosas materiales habían dejado de tener valor.

Busqué algo de comida en las tiendas cercanas. Me hubiera gustado encontrar donuts, un buen refresco de cola o simplemente unas patatas crujientes, pero tuve que conformarme con unas latas de espárragos blancos. Mientras comía mi lata sentado en el bordillo de la calle, pensé qué pasaría en el mundo cuando se acabaran todas las conservas que aún quedaban. No había cultivos, tampoco se criaba ganado, y dentro de poco no tendríamos nada que comer.

Después de mi frugal comida me puse de nuevo en marcha, y continué por la interestatal 10 hasta Indio. El pueblo no parecía gran cosa, pero estaba próximo al lago Salton Sea. Me desvié hasta el lago, pues necesitaba un buen baño y algo de agua fresca. La parte norte del lago era un verdadero desierto, pero continué más hacia el sur, para continuar por la carretera 78. Me detuve cerca de un complejo turístico abandonado y me metí al agua.

Me encantó sentir el frío en el cuerpo después de tanto calor y sudor; mis músculos se relajaron, y las heridas parecían mejorar poco a poco. Salí del agua y me tumbé un rato sobre la arena. El calor del sol fue secándome lentamente y me quedé dormido por unos instantes. Entonces escuché el ruido de un motor. Aquello me sobresaltó; me puse rápidamente los pantalones y tomé la bicicleta. Miré a un lado y al otro, pero no había muchos lugares en los que ocultarse. Al final opté por correr hasta las casas. El complejo se llamaba Bombay Beach, mucho nombre para las cuatro casas destartaladas en aquel lugar inhóspito.

Me oculté detrás de una casa prefabricada y observé los dos vehículos que se acercaban. Curiosamente estaban conducidos por chicos, pero al lado había un gruñidor. Me pregunté qué podía unir a dos seres tan distintos.

Las camionetas se detuvieron ante una de las tiendas, que parecía una vieja fábrica de piensos animales; después, los chicos cargaron sacos en las camionetas bajo la atenta mirada de los gruñidores y volvieron a dirigirse hacia el sur.

No puedo negar que tenía mucha curiosidad por lo que había visto, pero el mundo tras la Gran Peste no era muy seguro para los curiosos. Por eso tomé mi bicicleta y me dirigí a la carretera. A medida que avanzaba, el desierto dejó paso a fértiles campos de cultivo. Era increíble que hectáreas enteras estuvieran perfectamente cultivadas y a punto de producir la cosecha.

Al final del camino había un pueblo. Pensé que no era buena idea acercarme demasiado, por eso me desvié por una carretera secundaria. Estaba a punto de llegar a la carretera 78, cuando vi a un grupo de jornaleros trabajando en el campo. Detuve la bicicleta para observarles un momento; ellos me miraron con curiosidad, pero no dijeron nada. Me monté de nuevo, y estaba comenzando a pedalear cuando algo me golpeó y caí al suelo.

—Pero... —dije levantándome del suelo enojado.

—A trabajar —dijo un gruñidor grande, con la piel muy morena.

Le miré sorprendido. No entendía qué quería decir, pero mucho menos que hablara con tanta normalidad.

—¿No me has oído? —dijo el gruñidor. Después me tomó del brazo y me puso en pie. Miró la bicicleta y comentó: —¿De dónde has sacado eso? No se les permite tener medios de transporte.

Intenté soltarme del brazo, pero sus inmensas manos me lo impedían. Al final logré golpearle en la cara, y el gruñidor me soltó el brazo y se tocó su deforme nariz.

—¡Maldito borrego! —después tocó un silbato y aparecieron otros cuatro gruñidores.

Intenté salir corriendo, pero no había ningún lugar en el que esconderse y no tardaron en atraparme. Me llevaron a la fuerza hasta un furgón y me metieron en la parte de atrás.

Me asomé a las ventanillas traseras y vi que estábamos acercándonos al pueblo. En la entrada había un cartel grande que decía: Granja de Humanos 45.

Capítulo XLVI

GRANJA DE HUMANOS 45

EN CONTRASTE CON LA FERTILIDAD de los campos que la rodeaban, la pequeña localidad de Calipatria era más bien pobre. Edificios de una o dos plantas, comercios abandonados, palmeras secas y calles destrozadas eran el paisaje desolado de aquella Granja de Humanos 45.

La camioneta se detuvo en lo que en otra época debió de ser la escuela pública del pueblo; se abrieron las puertas de la camioneta y dos gruñidores corpulentos me introdujeron en el edificio. Por el camino vi a muchos humanos vestidos con monos y petos, tenían el aspecto de sencillos granjeros que no querían problemas. Alguno se atrevía a mirarme, pero la mayoría agachaba la cabeza cuando pasaba con mis dos carceleros.

Entramos en el edificio principal. Todo estaba ordenado, las aulas se habían convertido en almacenes, y por los pasillos los humanos se afanaban en limpiar y colocar los productos en estanterías.

Cuando llegamos al final del pasillo, los gruñidores abrieron la puerta y me metieron a la fuerza en lo que parecía el antiguo despacho del director. Allí, un gruñidor viejo, obeso y con el rostro carcomido les gruñó como un perro rabioso cuando entramos.

—¿Por qué no llaman a la puerta? —dijo el jefe. Después me dirigió una mirada de desprecio y, mirando a sus hombres, comentó: —¿Qué hace este humano en mi despacho?

—Lo encontramos en los campos; tenía una bicicleta, no parece uno de los obreros —dijo el gruñidor más avispado.

—Se ve a la legua que no es de la granja. No nos gustan los forasteros, ya saben lo que tienen que hacer —dijo el jefe.

—Pero puede que haya más, porque estos animales nunca andan solos —dijo el gruñidor.

El jefe le miró con enfado, y después se puso en pie. Su ropa estaba cuidada, pero su aspecto nauseabundo y su olor seguían siendo los de un gruñidor.

—¿Cómo has llegado hasta aquí? —preguntó.

—Por la carretera —contesté.

—No te pases de listo...

—Voy hacia el sur; dejen que me vaya. Les prometo que no volveré aquí —dije con sorna. Aquel lugar era aun peor que la ciudad en la que me había criado. Ione parecía un paraíso al lado de lo poco que había visto de Calipatria.

—No queremos humanos merodeando por ahí. Tú estás echado a perder, no nos sirves ni como ganado —comentó el jefe.

—Gracias por el comentario. No me gustaría ser el filete de nadie —dije.

—No creo que viniera acompañado. Llévenlo a la sala de espera, ya saben —dijo el jefe.

La sala de espera no prometía ser un sitio agradable. Hubiera intentado escapar, pero era imposible. Los dos gruñidores me sacaron del despacho y me llevaron hasta otro edificio. Allí había muchos humanos, la mayoría cabizbajos. El lugar era grande, pero las casi cien personas que lo abarrotaban ocupaban casi todo el espacio. Olía francamente mal. Las letrinas estaban en la misma sala, aunque realmente eran unos agujeros en el suelo. También había algo de agua en una especie de abrevaderos. Aquello parecía más un establo que una cárcel.

Me senté en un rincón y me dediqué a observar a la gente. Me extrañaron dos cosas: la primera era que la gente no hablaba, lo cual achaqué a la situación de penuria, pero más tarde descubrí la verdadera razón. La segunda cosa que me sorprendió fue ver tanta docilidad en los prisioneros, como los animales mansos de una granja.

Me puse el gorro sobre los ojos e intenté descansar un poco; a veces el mejor plan es no tener plan. Aunque no podía negar que me intrigaba todo lo que sucedía en aquel misterioso lugar.

Capítulo XLVII

UN NUEVO MUNDO

CUANDO DESPERTÉ TODO SEGUÍA IGUAL. La gente daba vueltas como animales encerrados, algunos se limitaban a beber agua o a mirar por las pocas ventanas enrejadas del recinto, pero la mayoría estaba sentada con la cabeza gacha. Un chico hispano se acercó hasta mí y se sentó. Después, hablando muy bajo, como si temiera ser escuchado me dijo:

—Tú eres distinto a estos borregos.

Me sorprendió la frase, pero aun más que se dirigiera a mí. Aquella sala estaba repleta de gente.

—Imagino que has comenzado a saber lo que sucede aquí. ¿Qué tienes, diecisiete años? —preguntó.

—Sí —le dije escuetamente.

—La gente menor de catorce apenas recuerda cómo era el mundo antes. Les han criado como si fueran ganado —dijo el chico.

—No entiendo lo que quieres decir —comenté extrañado.

—Esta es la Granja de Humanos 45. Hay decenas de ellas por todo el sur de Estados Unidos. Hace cinco años los gruñidores comenzaron a ser más listos. No me preguntes por qué, pero se dieron cuenta de que era más fácil criarnos que cazarnos. En el paso evolutivo de esos descerebrados es mucho —bromeó el chico.

—¿Crían a personas como ganado? —pregunté.

—Exacto. Claro, para que estemos sanos, entretenidos y contentos, nos hacen plantar cosechas, cuidar animales y disfrutar de ciertas comodidades. A cambio, el 20% de nosotros somos sacrificados, para cubrir sus necesidades, pero últimamente matan a más gente. Debe de haber más gruñidores por la zona —dijo el chico.

Aquella revelación me dejó petrificado. Los gruñidores no querían únicamente destruir nuestro mundo, además pensaban que era mejor hacer un mundo nuevo y convertirnos en simple comida. Aquello era más sofisticado de lo que yo hubiera imaginado. El jefe de los gruñidores quería crear un mundo en el que ellos dominasen y nosotros fuéramos su comida.

—Eso es horrible, ¿por qué nadie hace nada? —le pregunté.

—Nos crían como animales. Nos prohíben hablar y enseñar a hablar a los demás. Únicamente se pueden usar cuarenta palabras básicas, las demás están prohibidas.

No podía creerme todo aquello. Los seres humanos éramos racionales, y el habla formaba parte de nuestra identidad.

—Si los niños no escuchan hablar, nunca hablarán. Sin el habla no hay pensamiento ni entendimiento —comentó el chico.

—Pero es imposible no hablar. Tú te expresas con normalidad —le dije.

—Yo tenía diez años cuando comenzó la granja. Al principio todos nos alegramos, pues bajo el gobierno de los gruñidores todo regresó a una cierta normalidad, pero nos convirtieron en su ganado —dijo el chico.

—¿Hay muchas granjas por aquí? —pregunté.

—Brawley, Imperial y otros pueblos son también granjas —me comentó.

—¿Por qué no se rebelan? —le pregunté.

—Somos muy pocos los que pensamos. El resto son tontos felices, preparados para ser sacrificados. Míralos.

La gente seguía dando vueltas, sentada o mirando por las ventanas. Parecían totalmente ajenos a su suerte, como animales antes de ser llevados al matadero. Me sorprendía que no hubiera granjas más al norte, pero tenía sentido; por alguna extraña razón, el frío no les gustaba a los gruñidores.

—Tenemos que escapar, como sea. Por las noches es cuando se mata a las piezas. Ya me entiendes —dijo el chico.

—Pero ¿cómo podemos escapar?

—Hay una manera, pero necesito tu ayuda, por eso te he contado todo esto —dijo el chico.

—Cuéntame.

—Mira disimuladamente al techo. Ves esa ventana, pues no tiene reja. Si me ayudas a subir saldré y abriré la puerta —comentó el chico.

—¿Cómo sé yo que no te irás en cuanto estés libre? —le pregunté.

—Primero, porque la única manera de que no nos pillen es soltar a todos estos borregos, y mientras intentan atraparlos nosotros podremos escapar; pero sobre todo porque en este mundo es mejor viajar acompañado. Yo nunca he salido de aquí, necesito alguien con experiencia para sobrevivir fuera de la granja —me comentó.

Había algo que no me encajaba. Aquel chico quería escapar de una muerte segura, aquello era normal, pero no quería ayudar a nadie. ¿Acaso no había otros como él allí? Durante su vida, ¿no había hecho al menos un amigo?

—¿Te irías sin más? Puede que esta gente sea más lista de lo que parece. Lo que realmente tienen es miedo. ¿Cuántos gruñidores puede haber en el pueblo? —le pregunté.

—No quiero convertirme en un héroe. Simplemente quiero vivir fuera de esta granja para tontos —me contestó.

—No te ayudaré —le dije.

—Pero ¿te dejarás matar sin más? —preguntó el chico enojado.

—No, lucharé —le dije.

—Pues inténtalo —contestó señalando al resto de la gente.

Me puse en pie, tomé un par de fardos de paja, que era lo único que nos daban como colchones para no estar sobre el frío suelo, me subí a ellos y dije:

—¿Saben ustedes por qué están aquí?

La gente se me quedó mirando sorprendida, pero nadie hizo nada ni dijo nada.

—Les van a sacrificar como al ganado. Tienen dos opciones: dejarse matar o morir con dignidad. ¿Qué eligen?

Se hizo un silencio largo e incómodo, y después todos comenzaron a caminar y seguir dando vueltas como autómatas. Pensé que a lo mejor aquel chico tenía razón. No podía ir por el mundo intentando salvar a la gente. Debía llegar a San Diego y tomar la cura; después, si aún quería intentarlo, podía regresar a ese lugar y rescatar a la gente.

—Ya te lo dije. Son como borregos —comentó el chico.

Una de mis cualidades es la tenacidad, y no suelo rendirme fácilmente. Por eso levanté de nuevo los brazos; esa gente era demasiado simple para entender lo que quería explicarles.

—Los gruñidores quieren matarles, hay que salvarse.

Todos se quedaron detenidos en seco. Aquellas palabras parecían haber calado en la cabeza hueca de esos pobres tipos.

—Ayúdenme a abrir la puerta —dije al grupo.

Empujé con todas mis fuerzas. Al principio me miraron con extrañeza, pero un minuto más tarde, un centenar de personas empujaba con todas sus fuerzas. Al otro lado, la viga de madera que cerraba la entrada comenzó a crujir.

—Continúen, está comenzando a romperse —les dije.

Cuando la viga se partió, la puerta se abrió de par en par, cayendo todos al suelo. Nos levantamos y varios de los chicos se lanzaron por los guardias. Después nos dirigimos al edificio principal. A medida que avanzábamos, más humanos se unían a nosotros. Entré en los almacenes y me dirigí hasta el despacho del jefe. Los chicos eliminaron a los gruñidores que vigilaban y abrimos la puerta.

El jefe de los gruñidores nos miró con sus grandes ojos rojizos. Después intentó levantarse, pero todos los chicos se lanzaron sobre él.

Fuimos recuperando los edificios principales de la ciudad uno a uno. Nos hicimos con las armas y, por la tarde, habíamos liberado a toda la zona de los gruñidores.

El chico hispano que se llamaba Carlos y yo reunimos a los que parecían más espabilados. Después organizamos la defensa, pues los gruñidores mandarían un ejército para eliminarnos y teníamos que estar preparados.

—Imagino que vendrán de las otras dos ciudades por nosotros. Atacarán de noche, pero lo mejor que podemos hacer es atacar nosotros primeros. Ellos no esperan que marchemos sobre el resto de las ciudades. Reunamos a todas las personas que podamos. Después armémoslas con azadas, hoces, cuchillos y pistolas. ¿Cuántos trasportes tienen?

—Podemos llevar a doscientos granjeros hasta la siguiente ciudad —comentó una de las chicas.

—Creo que será suficiente. Si salimos ya, llegaremos antes que los gruñidores que han huido. Tenemos que aprovechar la sorpresa —les comenté.

Preparamos a la gente, la subimos a los furgones y marchamos en dirección sur. A la media hora estábamos llegando a Brawley. La ciudad era mucho más grande y próspera que la otra, lo que significaba que estaba más poblada. Eliminamos a los gruñidores que guardaban el perímetro de la ciudad y nos dirigimos directamente a la sede del ayuntamiento. Sabía que si lográbamos eliminar a los jefes, el resto de los gruñidores no sabría defenderse.

El edificio era muy bonito, al estilo hispano colonial. La entrada estaba formada por un arco, y delante tenía una pequeña zona de árboles y césped muy cuidada. Debajo del árbol había cuatro gruñidores que no tardamos en reducir. Tras los arcos había una fuente redonda y varios edificios bajos.

—¿Cuál es el despacho del alcalde? —pregunté a uno de los humanos que hacían de jardineros. El chico me miró asombrado y me indicó tímidamente con el dedo.

Cuando entramos en el edificio, una docena de gruñidores nos atacó; nos costó mucho reducirlos, pero tras sufrir algunas bajas lo conseguimos. Después corrimos hacia el despacho. El jefe de los gruñidores parecía un esqueleto viviente. Nos miró con sus ojos diabólicos, pero los chicos no se amedrentaron.

Cuando terminó el día, los humanos habíamos recuperado tres pueblos, aunque el centro neurálgico de los gruñidores de aquella zona era la ciudad de Mexicali, que pertenecía a México, pero con los nuevos amos las antiguas fronteras habían dejado de existir.

Aquella noche me reuní con todos los que había nombrado jefes. Yo tenía que partir hacia San Diego al día siguiente, pero quería al menos darles algunas instrucciones.

—En San Diego se va a desatar una batalla muy importante. De ella depende la supervivencia de los humanos de toda esta zona. Mañana tendré que dejarles para partir hacia allí —les dije.

Un rumor de desaprobación recorrió la sala. Intenté que bajaran la voz y me siguieran escuchando.

—Ahora pueden gobernar solos esta región. Los gruñidores están concentrados en conquistar San Diego. Ya han visto lo fácil que es vencer a los gruñidores cuando eliminamos a sus jefes. Tienen que ir siempre directamente por los jefes, de esa manera descabezarán a esos monstruos —les expliqué.

—Pero nosotros queremos ayudar. Iremos contigo a San Diego —dijo una de las chicas.

—Este es su hogar; tienen campos que cultivar y animales que cuidar. Esa es su batalla —les dije.

A pesar de mis palabras, todos se levantaron y me abrazaron. Se sentían agradecidos y querían mostrarlo de alguna manera. Por eso me facilitaron un vehículo, comida, armas y todos los explosivos que pudieron encontrar.

A la mañana siguiente me levanté muy temprano. Era hora de llegar a San Diego. El joven hispano que había conocido en la cárcel se acercó a mi auto y me dijo:

—Tenías razón, merecía la pena luchar. Te prometo que les ayudaré a vencer a esos gruñidores.

—Me alegra que digas eso, Carlos —le contesté.

—Que tengas buen viaje, y esperamos volver a verte.

Mientras mi auto se alejaba de la ciudad de Brawley, miré por el retrovisor. Aquel era un bonito lugar para vivir, pero mi destino me esperaba. En esos momentos «Villa Esperanza» estaba decidiendo su futuro y, en cierto sentido, lo que pasara allí cambiaría el destino de aquella parte del mundo.

PARTE III:
FALSAS ESPERANZAS

CAPÍTULO XLVIII

¿CÓMO ENTRAR EN LA FORTALEZA?

CUANDO SALÍ, ME ADVIRTIERON QUE la ruta que había seguido era equivocada. Al intentar alejarme de Los Ángeles, había terminado muy al este de San Diego. Por eso tenía que retroceder por la interestatal 8 y pasar por el Parque Nacional de Cleveland. Tras varias horas conduciendo por una zona casi desértica, el paisaje cambiaba y las montañas comenzaban a empinarse y cubrirse de un manto verde. La tierra era muy blanca, parecía yeso, pero a la entrada del Parque Nacional, el verde le había ganado definitivamente la partida. Aunque a medida que ascendía había más árboles, los árboles estaban muy dispersos, sin llegar a formar mis añorados y tupidos bosques de Oregón. Si algo extrañaba era la naturaleza exuberante del lugar donde nací. El sur era más seco, aunque el clima era mucho más agradable, pero necesitaba ver algo de verdor de vez en cuando.

Alpine era una de las pocas localidades que encontré en el camino, justamente al final del Parque Nacional. Temía que la zona cercana a San Diego estuviera infestada de gruñidores, por lo que dejé la interestatal y comencé a viajar por las carreteras serpenteantes colina abajo. A pesar de todo, las casas, los campos cultivados y las urbanizaciones eran muy abundantes por esa zona.

Únicamente se me ocurrían dos maneras de acercarme a la base en la que se encontraba «Villa Esperanza». La primera era lanzarme con el auto a toda velocidad, atravesar las líneas enemigas y llegar a la colonia. La otra era dejar el auto a tres o cuatro millas e intentar llegar a pie sin ser descubierto. Para saber cuál de las dos era mejor, tenía que aproximarme un poco más a la ciudad y observar la posición de mis enemigos.

Me acerqué todo lo que pude por la carretera 125. Cada vez encontraba más gruñidores en el camino, a veces taponando la carretera e intentando tirarse sobre mi vehículo. La oportunidad que tenía era pasar la noche en algún lugar seguro e intentar acercarme por la mañana temprano. Busqué una casita solitaria en la calle Camino del Lago, después oculté el auto y me dispuse a cenar.

Mientras calentaba una lata de judías en un infernillo que había encontrado en la casa, tuve la sensación de que aquella podía ser mi última cena. Después subí a la habitación, cambié las sábanas y me acosté sobre la cama. Hacía tiempo que no dormía en una cama mullida con las sábanas limpias, y la sensación fue de lo más agradable.

Mientras intentaba ordenar mis ideas y conseguir dormirme, miraba el techo de la habitación. Entrar en «Villa Esperanza» parecía misión imposible, pero tenía la sensación de que sería mucho más complicado escapar de allí.

Dios mío, será mejor que me eches una mano, pensé. Hay ocasiones en que la vida se te pone un poco cuesta arriba. El desgaste del día a día se va acumulando y tienes la sensación de que ya no puedes más. En ese momento me invadió una gran tranquilidad, como si hubiera tocado la tecla adecuada. Lo conseguiría y todo saldría bien. Simplemente tenía que relajar la mente y dejar que las cosas sucedieran. Llevaba demasiado tiempo intentando provocar cambios, aunque hay momentos en que los cambios vienen por sí solos y lo mejor es simplemente esperar que sucedan.

Capítulo XLIX

A POR TODAS

CUANDO ME DESPERTÉ, TENÍA CLARO cuál sería el plan a seguir. Había demasiados gruñidores para intentar llegar a pie. Debía acercarme con cautela hasta donde me dejaran esas bestias, y después apretar el acelerador y entrar como fuese en «Villa Esperanza». Mi idea consistía en bajar por la carretera 54 a toda velocidad. Si en algún momento me bloqueaban, me lanzaría al río e intentaría atravesar la bahía a nado.

Quité la lona del auto, después lo arranqué y comencé a descender lentamente. No había avanzado ni una milla cuando vi a decenas de gruñidores por todas partes, a pesar de que era de día y hacía un sol insoportable. Aceleré e intenté esquivar los autos abandonados y los gruñidores. Miraras donde miraras los había a miles, pero afortunadamente, muchos fuera de la carretera.

Al llegar a la altura del río comencé a respirar aliviado, pues si lograba avanzar un par de millas más, no sería tan difícil intentar llegar a nado. El último tramo fue el peor. Al final la carretera se dividía en dos, y por unos momentos dudé de cuál sería la mejor opción. Me dirigí a la derecha; aquella carretera se unía a la interestatal 5 y desde allí, atravesando la ciudad, podría llegar al puente de la carretera 75.

A medida que aceleraba me cruzaba con más gruñidores, arroyé a un par de ellos que no se quitaron a tiempo, pero temía que al final de la interestatal hubiera tal densidad de monstruos que me fuera imposible seguir avanzando. Entonces no tendría escapatoria.

El auto seguía a toda velocidad cuando entré en el puente, y estuve a punto de derrapar en la curva y salirme por un lateral. Pasé por encima del puerto y seguí esquivando gruñidores hasta la curva en mitad del puente. A partir de ese momento era una larga recta. Continué a buen ritmo, aunque de repente los gruñidores desaparecieron por completo. No tardé mucho en entender el porqué.

CAPÍTULO L

NADA

EN CUANTO ENFILÉ LA RECTA, puse el auto a su máxima potencia. Imaginaba que los militares habían colocado un punto de control al final, y ya tendría tiempo de frenar cuando estuviera más cerca. La recta parecía no tener fin; a mi derecha llegué a ver la península que formaba aquella parte de la ciudad. Estaba en buena parte arbolada, y se me pasó por la cabeza que no debía de ser fácil proteger aquel lugar; cuando miré de nuevo al frente, la carretera había desaparecido.

El auto voló por los aires durante unos segundos, pero después comenzó a descender a toda velocidad. Me quité el cinturón; en cuestión de segundos estaría debajo del agua. Pensé que era mejor saltar antes de que se sumergiera, así que abrí la puerta y me lancé al vacío. Mientras el auto y yo caíamos, miré al frente. Al otro lado se extendía una línea defensiva larga y repleta de militares. Los soldados comenzaron a dispararme mientras caía, pero afortunadamente no llegaron a alcanzarme.

Cuando entré en contacto con el agua, sentí un fuerte dolor en las piernas, como si me las hubiera partido. El agua estaba helada, y por unos instantes percibí que el auto me empujaba hacia el fondo por el túnel de aire que había creado al caer. Abrí los ojos debajo del agua e intenté salir a la superficie. El aire de mis pulmones se acababa y no veía la luz por encima de mi cabeza. En unos segundos que se me hicieron interminables, saqué la cabeza y respiré profundamente. Comencé a nadar hacia tierra. No estaba lejos, pero los soldados continuaban disparando y tenía que sumergirme para evitar los proyectiles.

—¡No disparen! —grité, levantando las manos.

—Alto el fuego —ordenó alguien.

Dos soldados se lanzaron al mar y me sacaron del agua. Me arrastraron fuera del agua y me pusieron una manta encima. Tiritaba de frío, pero la sensación de estar vivo y a salvo logró relajarme por completo.

Capítulo LI

ENCUENTROS
INESPERADOS

LOS SOLDADOS ME LLEVARON EN un vehículo a una especie de hospital. Allí, una amable enfermera me dio un pijama, toallas y me informó de que en una hora me harían algunas pruebas, para ver mi estado de salud. Después de vestirme, me asomé a la ventana. Afuera la vida discurría con cierta normalidad. Por primera vez desde la Gran Peste tuve la sensación de haber regresado a la vida que tenía de niño. Los autos funcionaban, había electricidad y, sobre todo, adultos.

—¿Está sorprendido? —me preguntó una voz a mi espalda.

Cuando me giré, vi a un hombre de algo más de sesenta años. Tenía unas lentes redondas, que aumentaban sus pequeños ojos azules. Su cabello era completamente blanco, cortado a cepillo.

—Lo cierto es que sí. Llevo tanto tiempo intentando llegar hasta aquí, que no me creo que lo haya conseguido —le contesté.

—No solo lo ha conseguido, Teseo Hastings, además lo ha hecho de una manera sorprendente —dijo el doctor.

—Gracias —le contesté, sorprendido de que me conociera.

—Permítame que me presente. Mi nombre es doctor Sullivan —dijo el hombre.

—Encantado de conocerle. Habíamos escuchado en el norte que en la ciudad de Los Ángeles se había encontrado la cura de la peste, pero luego supimos que estaban aquí —le dije.

—Sí, al principio el proyecto era abrir allí la colonia, pero aquella ciudad era muy difícil de manejar. Hay millones de gruñidores en todo El Valle —comentó muy serio.

—Es cierto, aunque creo que ahora están todos ahí fuera —le dije señalando la ventana.

—Sí, es el momento más crítico de la colonia desde su fundación. Hemos pedido ayuda a otras colonias, pero tenemos miedo de que no lleguen a tiempo; además, todas las del sur están igual que nosotros. Es como si todos los gruñidores se hubieran puesto de acuerdo para atacar a la vez —dijo el doctor.

—Es exactamente lo que ha sucedido —le dije—. Tuve la mala suerte de conocer al líder de este grupo de gruñidores, y tienen un plan para exterminar a las colonias.

—Muy interesante, aunque espero que nuestros medios los disuadan. Poseemos cazas, un portaviones, bombas nucleares; lo cierto es que les costará hacerse con la ciudad —dijo el doctor.

Me senté en la cama y el doctor comenzó a examinarme. Tras unos minutos apuntó algo en una Tablet y me dijo:

—Le harán algunas pruebas y podrá salir en un par de días. Le queda muy poco, amigo, ya tiene muchos de los síntomas de la peste —dijo el doctor.

—¿Qué es lo que produce la enfermedad? He oído todo tipo de cosas, pero lo que más me ha sorprendido es que puede tener que ver algo con nuestro comportamiento —le comenté.

—Pues está en lo cierto. Nuestros estudios nos han confirmado que al parecer nuestro ADN tenía una especie de cromosoma que regulaba nuestro comportamiento ético. El virus lo cambiaba, matando al individuo o convirtiéndole en una especie de máquina insensible. Aunque lo que no entendemos es por qué la enfermedad no actuaba hasta los dieciocho años, aunque creemos que es porque el cromosoma no maduraba hasta esa edad; pero en cuanto el cromosoma estaba completamente en funcionamiento, el virus lo destruía.

—Pero ¿de dónde ha venido ese virus? —pregunté al doctor.

—Eso es lo más extraño de todo. Ese virus ha existido siempre; lo que parece que se ha alterado con el tiempo es nuestro ADN, como si la práctica continua del mal lo pudiera alterar —dijo el doctor.

—¿Qué hace la cura? —le pregunté.

—Mata al virus, eso impide que se modifique por completo el cromosoma y no se produzca la transformación a los dieciocho años —me explicó el doctor.

Cuando me quedé solo me sorprendió lo cerca que estaba de estar en lo cierto el pastor Jack Speck. El mal había cambiado nuestro ADN, pero lo que no entendía era lo que había sucedido con los que no se habían transformado en gruñidores. ¿Por qué habían desaparecido o muerto?

Estuve todo el día soportando las pruebas diagnósticas, pero por la noche me dejaron descansar y me llevaron una suculenta cena caliente. Estaba a punto de comenzar a cenar cuando llamaron a la puerta.

—¿Se puede? —dijo una voz familiar.

Cuando vi a Susi, Mike y los enanos sentí un nudo en la garganta. Estaban a salvo. Se acercaron y fueron abrazándome uno a uno. Cuando tocó el turno de mi hermano, pensé que era el hombre más afortunado del planeta.

—Veo que al final has llegado —dijo Susi—; llevábamos mucho tiempo esperándote.

—Lo bueno se hace rogar —bromeé.

—Eso es cierto —contestó Susi.

—¿Dónde han estado todo este tiempo? —les pregunté.

—Esa es una larga historia —contestó Scott, uno de los enanos.

—Muy larga —dijo Susi, y todos nos echamos a reír.

S U S I

MIS AMIGOS NO QUERÍAN CANSARME, pues llevaba un día realmente difícil. Afortunadamente, no me había roto nada en la caída con el auto al agua, pero las pruebas para aplicar el remedio eran muy duras y tenía que estar preparado para el tratamiento al día siguiente. Me prometieron que volverían a verme y me contarían todas las peripecias por las que habían pasado en las últimas semanas.

Por la mañana, las enfermeras me despertaron muy temprano. Me llevaron en una camilla tumbado hasta una sala y me dejaron solo unos minutos. Era la primera vez que estaba en un hospital, y la sensación no dejaba de ser muy desagradable. Me sentía indefenso y algo temeroso. Había oído que la aplicación del tratamiento no era fácil. Al parecer, había que poner varias inyecciones en la médula y el propio tratamiento tenía algunos efectos secundarios en las primeras horas.

El doctor Sullivan entró en la sala. Su rostro enjuto y su expresión seria no me tranquilizaron mucho.

—Las pruebas son preocupantes. Estás en un estado demasiado avanzado de la enfermedad, pero creo que podemos detener el proceso. Tendremos que darte más de una sesión; será duro, no quiero engañarte, pero el resultado imagino que será muy satisfactorio —comentó el doctor.

—Estoy en sus manos, doctor Sullivan —dije, intentando parecer calmado.

—Te explico en qué consiste el proceso. Primero te pondremos algo de anestesia local, después pincharemos en la médula para introducir un líquido. Al mismo tiempo, te cambiaremos toda la sangre en 24 horas. Afortunadamente, tu grupo sanguíneo es muy común. Mañana tendremos que volver a inyectar el remedio —dijo el doctor.

—Está bien —le contesté.

Entraron dos enfermeras vestidas con ropa de quirófano, ayudaron al doctor a ponerse una bata verde y un gorro, después se lavaron las manos y se colocaron unos guantes. El primer pinchazo me dolió un poco, pero pude resistirlo con facilidad. Lo peor fue el de la médula. A pesar de la anestesia, sentí un fuerte dolor en la espalda.

Mientras me cambiaban la sangre, intenté pensar en otra cosa y al final, seguramente por efecto de la anestesia, me quedé dormido.

Cuando desperté ya estaba de nuevo en la habitación. Intenté sentarme, pero estaba demasiado débil para moverme.

—¿Tienes hambre? —dijo una voz que me resultó familiar.

Levanté un poco la cabeza y vi a Susi. Estaba muy guapa; su largo cabello negro rizado caía por sus hombros, y sus ojos negros eran tan expresivos que parecían hablar por sí solos.

—No tengo hambre —contesté.

—Tienes que comer; para recuperarse pronto hay que comer —dijo Susi.

—Tal vez más tarde —le comenté.

—Estoy muy contenta de haberte encontrado. Cuando llegamos aquí hace cinco días y no te vimos, el alma se me cayó a los pies. Estaba segura de que estarías aquí —dijo mi amiga.

—Todo se complicó mucho. Me costó llegar a San Francisco, estuve herido en una pierna y después decidí quedarme para ayudar a las personas que los miembros del nuevo gobierno dejaron abandonadas en la ciudad. Resistimos los ataques de los gruñidores y encontré a Katty.

En cuanto pronuncié el nombre de Katty, Susi frunció los labios, e intentando disimular su desagrado me preguntó:

—¿Katty? ¿Dónde estaba? Pensábamos que se habría reunido contigo. Durante la huida las perdí de vista a ella y a Mary, después me encontraron Mike y los enanos. Si no hubiera sido por ellos, imagino que estaría muerta.

Pensé por unos momentos si era buena idea contarle lo que le había sucedido a Mary; al fin y al cabo, era tan amiga suya como mía.

—Susi, siento decirte que Mary...

—¿Qué le ha pasado a Mary? —preguntó mi amiga angustiada.

—Ha muerto —le dije.

Susi comenzó a llorar desconsoladamente. Intenté acercarme a ella, pero aún estaba medio sedado y con un fuerte dolor en la espalda. Susi se aproximó a mí y me abrazó. Estuvimos un rato así, simplemente unidos.

—Al menos ella ya está tranquila —dijo al final Susi secándose las lágrimas con la mano.

—Eso es cierto. La extrañaremos, pero ella ya no tendrá que seguir esta carrera imposible —le comenté.

Miré a los ojos a Susi y ella se quedó quieta, como si intentara leer mi mente, después se inclinó despacio y me besó en los labios. Aquella fue la mejor medicina del mundo. Ya no me dolía nada; por unos instantes, toda la lucha y el sufrimiento de las últimas semanas habían merecido la pena.

—No volveremos a separarnos jamás —dijo Susi con un hilo de voz.

Entonces sentí un fuerte dolor en el pecho y comencé a tener convulsiones. Susi se asustó y tocó el timbre para que vinieran las enfermeras. Comencé a ver nublado y después perdí el conocimiento.

Capítulo LIII

LAS AVENTURAS DE MIS AMIGOS

ESTUVE TODA LA NOCHE EN observación, y a la mañana siguiente me desperté de nuevo en mi cama. En cuanto las enfermeras vieron que despertaba, llamaron al doctor Sullivan. El médico miró el informe que estaba sobre la mesita, y después me examinó rápidamente.

—Creo que se está estabilizando. Su sangre estaba muy contaminada, y el tratamiento ha sido como lanzar una bomba nuclear a su organismo. Hoy reforzaremos el tratamiento, su corazón es fuerte y lo soportará —me dijo.

—Es un consuelo saberlo —dije irónicamente.

Tras recibir el segundo tratamiento, sufrí un proceso parecido de recuperación, aunque por la tarde me sentía mucho mejor que el primer día. Antes de la cena vinieron a verme todos mis amigos.

—¿Qué tal te encuentras? —me preguntó mi hermano Mike.

—Tienes mejor cara, ayer me fui muy asustada —dijo Susi.

—Mucho mejor, aunque este tratamiento es como si me dieran patadas en los riñones cada mañana —le comenté.

—En cambio, nosotros únicamente necesitamos una vacuna —contestó Mike.

—A nosotros nos pincharon, porque aunque hemos superado la edad límite, podíamos llegar a recaer —dijo John, el jefe de los enanos.

Durante la siguiente hora les expliqué todo lo que me había sucedido en aquellas semanas. Se quedaron impresionados de mi historia, pero ellos no tenían otra menos increíble.

—Cuando te perdimos de vista en Sacramento intentamos buscarte, pero no sabíamos qué había sido de ti. Los gruñidores estaban furiosos y decidimos salir de la ciudad lo más rápidamente posible. No podíamos usar la autopista principal, por eso dimos un rodeo largo por Carson City, creíamos que te dirigirías directamente a San Diego —dijo Mike.

—Eso es lo que tenía que haber hecho, pero creí que ustedes me buscarían en San Francisco —le contesté.

—Cuando llegamos a Carson City estábamos agotados. Aunque afortunadamente nuestros amigos —dijo Susi señalando a los enanos— tenían su camión repleto de víveres, gasolina y agua.

—A la salida de la ciudad hay unas zonas pantanosas. Las carreteras estaban en muy mal estado y tuvimos que atravesar por los pantanos. Nuestro camión se quedó atrapado y cruzamos a pie esa zona. Nos sorprendió ver qué pronto se habían reproducido algunas especies. Vimos bandadas de lobos enormes dirigiéndose hacia el sur, pero también ciervos, caballos y animales salvajes africanos que debieron de escapar de los zoológicos hace tiempo —dijo Scott.

—Uno de los sustos de aquella primera etapa del viaje nos lo dieron dos leonas y un león que estaban en Minden.

Mientras mis amigos iban relatando su aventura, yo intentaba imaginar por lo que habían pasado. El mundo tras la Gran Peste era muy peligroso, y cualquier viaje se convertía en una gran incógnita. No sabías qué podías encontrarte a la vuelta de la esquina.

—Lo peor fue atravesar las montañas a pie. Fuimos por la carretera 395, pero al final decidimos acercarnos a la costa, y por eso pasamos por Los Ángeles —dijo Mike.

—¿Estuvieron en Los Ángeles? —les pregunté sorprendido.

—Sí, justo antes de que las masas de gruñidores comenzaran a viajar hacia el sur. Tuvimos que esperar a que dejaran la ciudad más despejada, y después nos acercamos a San Diego por carreteras secundarias —dijo Scott.

—Aunque lo realmente complicado fue entrar en la colonia —comentó Susi.

—Afortunadamente, el ejército nos vio rodeados por miles de gruñidores en el aeropuerto y mandó un helicóptero para sacarnos de allí —dijo John.

El doctor Sullivan entró en la sala, y al ver todas las visitas frunció el ceño. Había recomendado que me dejaran descansar ese segundo día, al día siguiente me darían el alta.

—Por favor, no cansen al enfermo. Mañana ya tendrán tiempo de charlar con él —dijo el doctor Sullivan.

—Lo siento, doctor —le dije.

—No se preocupe, afortunadamente en los análisis de hoy se ve que su situación es más estable. Tendrá que tomar el refuerzo de la vacuna. Son estas pastillas —dijo dándome un bote de cristal pequeño.

—Gracias, doctor.

—En diez minutos quiero que el paciente esté dormido —dijo el doctor Sullivan a mis amigos.

Cuando salió de la habitación, mis amigos hicieron algún gesto de broma. Todos admiraban al doctor; sabían que, gracias a él, el mundo volvía a tener una esperanza, pero estaba siempre de mal humor. La desgraciada muerte de su hijo le había convertido en una persona arisca y estricta.

—Será mejor que descanses —dijo Susi dándome un beso en la frente.

El resto de mis amigos se despidieron y yo agarré de la mano a Susi, para que se quedara unos instantes.

—Estamos en medio de una batalla por la supervivencia y tú eres muy joven, pero me gustaría que fuéramos novios —le dije. No era la manera más romántica, pero el mundo estaba patas arriba y no sabíamos si íbamos a estar vivos al día siguiente.

Susi me miró con sus grandes ojos negros y me sonrió. Después me dio un beso y me dijo:

—Teseo Hastings, este es el día más feliz de mi vida.

Cuando me quedé a solas, sentí que el corazón se me iba salir del pecho. Llevaba amando a Susi desde hacía años, y por fin mi sueño se había hecho realidad. Cerré los ojos e intenté dormir, pero su rostro venía a mi mente constantemente. Cuando por fin había logrado conciliar el sueño, escuché varias explosiones que retumbaron en toda la habitación. Me asomé a la ventana y contemplé la bahía. La batalla acababa de comenzar.

CAPÍTULO LIV

LA BATALLA DE SAN DIEGO I

NO SÉ SI AQUELLA BATALLA fue la más grande de la historia de la humanidad, pero sin duda fue una de las más importantes. Los gruñidores podían superar los tres o cuatro millones. Los humanos éramos apenas unos diez mil. La gran desproporción numérica se compensaba en parte por las armas que poseía el ejército. Teníamos tres mil soldados profesionales, cinco helicópteros de combate apache, varios tanques, lanzamisiles, cincuenta cazas F/A 18 Hornet, treinta F18, dos destructores y un portaviones. Además, teníamos 7 mil voluntarios semiadiestrados en técnicas de combate y armas. La protección de esta parte de la ciudad era fácil. Él único puente que comunicaba con la parte este de la ciudad estaba destruido, y la franja de tierra que unía a la península con el sur era muy estrecha. Los gruñidores no sabían navegar, por lo que tendrían que atacar por el sur.

En cuanto escuché las detonaciones, me vestí con el uniforme que habían colgado en mi armario y me dirigí al pabellón en el que estaban destinados mis amigos. Afortunadamente no les habían enviado todavía a su sección en el Silver Strand Bulevar.

—Capitán, este es mi hermano Teseo Hastings. ¿Puede unirse a nuestro batallón? —dijo Mike presentándome a su superior.

—Su hermano Tes es una leyenda; será un honor luchar a su lado, pero debe saber que estaremos en primera línea. Los gruñidores han traspasado el perímetro de seguridad de la Avenida Palm y se dirigen hasta nuestra línea defensiva en Silver Strand Bulevar —dijo el capitán.

—El honor es mío —respondí al capitán.

Nos subieron a uno de los convoyes que se dirigía a la primera línea de combate. Los camiones repletos de soldados recorrieron la estrecha franja de tierra esquivando las bombas que caían sobre nosotros. Los gruñidores se habían hecho con artillería y parecían usarla con bastante acierto. Traspasamos las otras dos líneas de combate a toda velocidad, y cuando llegamos a nuestro puesto, vimos cómo los soldados de la zona de seguridad retrocedían a nuestra posición en medio de una nube de balas.

—¿Dónde han aprendido a disparar esos monstruos? —preguntó Mike.

Tomé mis prismáticos y observé con sorpresa un cuerpo de élite formado por humanos, que ayudaba a los gruñidores. También había una especie de guardia pretoriana de gruñidores. Eso complicaba aun más la situación.

—Capitán, tienen humanos entre ellos —le dije pasándole los prismáticos.

El capitán comunicó la información al centro de mandos. Eso podía complicar la defensa, pues si había humanos apoyándoles, podían llegar a la colonia también por mar. Toda la defensa estaba planteada por tierra. En ese momento me acordé de las palabras del pastor Jack Speck, cuando me dijo que el jefe de los gruñidores contaba con humanos.

El primer envite de los gruñidores fue tremendo. Primero nos machacaron con artillería; después, cuando nuestra línea estaba confundida y reorganizándose, enviaron varias columnas de gruñidores, que aunque lográbamos abatir con facilidad a la mayoría, no dábamos abasto a eliminarlos a todos. Dos horas más tarde, centenares de cuerpos de enemigos se amontonaban frente a nosotros. Habíamos sufrido muchas bajas y no podríamos resistir mucho más.

—Tenemos que retroceder —dijo John, el líder de los enanos.

—Todavía no —dijo el capitán—, están a punto de lanzar un par de misiles a esos monstruos.

Escuchamos a los aviones despegar a nuestras espaldas; después pasaron sobre nuestras cabezas y comenzaron a disparar a los gruñidores. Los enemigos caían por centenas y al final los gruñidores retrocedieron. Aunque un misil disparado desde la ciudad logró derribar a uno de los nuestros.

Los gruñidores retrocedieron y comenzaron a huir. Todos empezamos a gritar de júbilo, pues habíamos soportado el primer asalto. Media hora más tarde nos relevó un nuevo batallón. Mientras regresábamos a la base, con la cabeza agachada, el casco en la mano y agotados por la batalla, uno de los enanos comenzó a cantar.

En cuanto llegamos a la base nos ofrecieron una suculenta cena. Yo me sentía en plena forma, como si el tratamiento me hubiera devuelto de repente las fuerzas perdidas en los últimos meses. La muerte ya no estaba a la vuelta de la esquina, pero sobre todo el peligro de convertirme en un gruñidor. Había esperado tanto curarme, que todavía me costaba hacerme a la idea.

Mientras comíamos celebrando la primera victoria, un soldado se acercó a mí y me dijo:

—¿Es usted Teseo Hastings?

—Sí.

—El alto mando quiere verle de inmediato.

Me sorprendió que los jefes del ejército estuvieran interesados en verme. Seguramente, el Adelantado de San Francisco les había hablado de mí.

Me llevaron hasta el edificio principal de la base, pero para mi sorpresa descendimos en un ascensor hasta lo que parecía un bunker nuclear. Mientras caminaba por el pasillo hasta el encuentro del alto mando, no dejaba de observar todos los despachos y dependencias del recinto.

El soldado llamó a una puerta custodiada por otro soldado y después entré en la sala de operaciones.

La sala era grande, de forma rectangular, y tenía una gran mesa hexagonal en el centro. Seis generales estaban sentados en butacas de piel y el centro de la mesa era un gran holograma que podía verse igual por todos los lados.

—Teseo Hastings —dijo el soldado escuetamente después de saludar, dio media vuelta y salió de la sala.

—Teseo Hastings, gracias por acudir a una reunión después de un largo día de combate. Veo que ya ha recibido el tratamiento, en unos días se sentirá mejor. Es sorprendente que haya sobrevivido en dos ocasiones al jefe de los gruñidores, el senador no suele dar una segunda oportunidad —dijo el General de tierra.

—A veces el destino se impone a lo inevitable —comenté.

—Nos ha sorprendido ver que entre los gruñidores hay humanos combatientes. Hemos leído su informe y nos ha extrañado descubrir que también están haciendo granjas humanas; vemos que están más organizados de lo que creíamos —dijo otro de los Generales de la armada.

—Me temo que sí —le contesté.

—Hoy han derribado uno de nuestros aviones, y tememos que también tengan barcos e intenten invadir la península por agua. Hoy mismo nuestros dos destructores y el portaviones vigilarán la zona —dijo el General de la armada.

—Lo que no entiendo es por qué me cuentan todo esto —les increpé.

—Sabemos de sus dotes de mando, por eso queremos que lleve el batallón de segunda línea. Para los voluntarios, usted es una leyenda —dijo el General del aire.

—Será un honor —les contesté.

—Será mejor que descanse por hoy, mañana será un duro día de combate.

Me retiré después de saludarles. Mientras regresaba al pabellón de mi batallón, apenas podía creerme que desde ese momento era un capitán de Nuevos Estados Unidos de Norteamérica.

CAPÍTULO LV

LA BATALLA DE SAN DIEGO II

EL DESCANSO FUE BREVE. LOS gruñidores atacaron a eso de las tres de la madrugada. Nuestro turno no comenzaba hasta las cinco, por eso tuvimos que acudir a reforzar a nuestros compañeros a toda prisa. Ese día todos menos Mike habían luchado en el otro extremo de la línea de defensa, pero ahora los quería a mi lado, pues temía perderlos otra vez de vista.

Cuando llegamos a la línea de defensa, el turno anterior estaba casi completamente desmoralizado. Cubrimos las bajas y colocamos a los hombres en forma de cuña, reforzando el centro, que era donde más gruñidores llegaban. A pesar de lo virulento del ataque, parecía menos masivo y precipitado que el día anterior, como si los gruñidores hubieran aprendido la lección de que la fuerza no era suficiente para vencernos.

A nuestra izquierda estaban las casas, que nos permitían una mejor defensa, en el centro la carretera principal y a la derecha la playa. Los militares habían colocado barreras de hormigón y varias líneas de alambradas que entraban hasta dentro del mar. Los gruñidores no eran muy amigos del agua, lo que nos despreocupaba a la hora de que intentaran pasar nadando, pero había algo que los militares no habían previsto.

Tras una hora de combates, uno de los sargentos encargados de controlar la playa vino hasta mi posición corriendo.

—Capitán, han entrado por el mar —dijo señalando a la semioscuridad que todavía había en el horizonte.

—¿Cómo lo han hecho? —pregunté.

—Eran humanos, han pasado nadando —dijo el sargento—, no podemos contenerlos. ¿Retrocedemos, Señor?

—No, mandaré a unos hombres. Mike, Susi, John, Scott y Charles y todos ustedes, síganme.

Nos dirigimos a toda velocidad hacia la playa. Cuando llegamos, vimos a un centenar de enemigos que se habían hecho fuertes en nuestras líneas. Algunos de los humanos estaban abriendo las alambradas y los gruñidores comenzaban a entrar. Teníamos que detenerlos cuanto antes.

—Detengan a los que están cortando las alambradas —ordené mientras corría hacia los humanos que seguían entrando por el agua.

Disparamos a los intrusos, pero repelieron nuestro ataque y nos refugiamos detrás de unas rocas. El fuego cruzado duró media hora. Habíamos logrado contenerlos, pero no conseguíamos repelerlos por completo.

—Tenemos que sacarlos de su posición o terminarán por echarnos —dije a Mike.

Los enanos salieron de entre las rocas y comenzaron a arrastrarse por la arena.

—¿Dónde van? —les pregunté.

—Tenemos un plan —dijo John, y después continuaron gateando hasta acercarse a la posición del enemigo.

Los enanos eran muy escurridizos, y la escasa luz de la madrugada les protegía. Cuando tuvieron a los enemigos cerca, lanzaron media docena de granadas. La mayoría de los invasores cayeron muertos y aprovechamos para ganar la posición.

Cuando amaneció habíamos reforzado las líneas, pero las cosas se complicaban de nuevo. Observamos cómo cientos de gruñidores llegaban en todo tipo de embarcaciones. Los barcos de la armada vigilaban la costa, pero no habían pensado que los gruñidores intentarían entrar por el pequeño golfo.

El ataque se había producido a la altura de la Base Naval Anfibia Colorado, justamente detrás de las otras dos defensas. De esa manera, querían dividirnos en dos y llegar a la colonia sin tener que desgastarse luchando contra nuestras defensas. Llamé a la espera de recibir órdenes, pero las líneas de comunicación estaban cortadas.

—¿Qué hacemos? —preguntó Mike.

—Si nos quedamos aquí nos rodearán, la única solución es que retrocedan las líneas hasta la Base Anfibia e improvisar una línea de defensa allí.

Los gruñidores aprovecharon la confusión para atacarnos de nuevo. Teníamos un dilema: si corríamos hacia las líneas de atrás, los gruñidores y sus aliados nos dispararían por la espalda y acabarían con nosotros, pero si nos quedábamos quietos, terminarían por envolvernos y matarnos poco a poco.

Varios aviones nos sobrevolaron y comenzaron a disparar a las embarcaciones de los gruñidores. Desde el portaviones se lanzaron varios misiles, pero muchas embarcaciones comenzaban a llegar a la costa.

—Retrocedamos poco a poco, sin romper las líneas; tardaremos más, pero nos aseguramos de que no nos barran —dije a mis amigos.

La retirada fue lenta. Poco a poco cedíamos terreno y ampliábamos la línea de defensa, pero logramos llegar hasta la segunda posición casi sin problemas. Los gruñidores también habían avanzado detrás de nosotros, pero lo peor era que las barcazas habían conseguido una cabeza de puente y se habían hecho fuertes en la base. Si nos cortaban las líneas, estaríamos perdidos.

CAPÍTULO LVI

ATAQUE ENVOLVENTE

CUANDO NOS QUISIMOS DAR CUENTA, los gruñidores estaban cerrando nuestra retirada. Reaccionamos de inmediato. Quitamos la segunda línea de defensa y nos replegamos a la tercera; después, unos hombres y yo nos dirigimos a detener a los gruñidores.

Cuando llegamos, fuimos recibidos por los gruñidores que no paraban de dispararnos. Nos pusimos a cubierto, pero en ese momento uno de nuestros aviones fue derribado y cayó al lado nuestro, dejando fuera de combate a muchos de mis hombres. No podíamos contener a los gruñidores, estábamos perdidos. Nuestra única posibilidad era reconcentrar nuestras fuerzas en el puerto deportivo y esperar que la gente de la colonia lograra desplazar a los gruñidores en otro ataque.

—¡Hay que replegarse! —grité a mis hombres.

Corrimos hasta el puerto. Colocamos todos los vehículos como barrera defensiva y nos dispusimos a resistir.

Los gruñidores no tardaron en cubrir todo el perímetro y rodearnos. Una vez que nos dejaron fuera de combate, se concentraron en organizarse y atacar la colonia. La defensa de «Villa Esperanza» estaba en peligro. Pero los soldados se hicieron fuertes en la Avenida de Orange, logrando retener a los gruñidores.

Tras casi doce horas de lucha y una vez aseguradas sus posiciones, los gruñidores detuvieron el ataque. Nosotros aprovechamos para retirar a los heridos y colocar mejor nuestras defensas. No pensábamos que volvieran a atacarnos desde el mar, pero por si acaso mandé un grupo de soldados para cubrir nuestras espaldas. La defensa del puerto no era sencilla. No había ninguna barrera natural y las casas protegían únicamente uno de los flancos, pero podríamos resistir hasta que desde la colonia se produjera el contraataque, o eso era al menos lo que queríamos creer.

CAPÍTULO LVII

RESISTIENDO

LA TARDE FUE MUY LARGA. Esperábamos un nuevo ataque por la noche, y no podíamos descansar. Autoricé a mis hombres a que comieran una parte de su ración y dejé que durmieran por turnos. Yo no quise dormir, pues sentía el peso de la responsabilidad. Me acerqué al mar y observé el cielo estrellado. Todo parecía en calma, nada hacía intuir que al otro lado de la bahía y a nuestras espaldas había un ejército de monstruos dispuestos a destruirnos. No era la primera vez que experimentaba la soledad del liderazgo. Cuando sabes que de tus decisiones dependen vidas, el peso de esas decisiones te convierte en un tipo arisco y poco sociable.

—¿Te encuentras bien? —me preguntó Susi.

—Sí, simplemente estoy intentando buscar una salida, pero no soy capaz de encontrarla —le comenté.

—A lo mejor esta no es la batalla que tenemos que ganar —dijo Susi.

—No te entiendo —le comenté sorprendido.

—A veces es mejor perder algunas batallas, para prepararnos para vencer al final —dijo Susi.

—No estoy seguro de que podamos vencer las siguientes batallas si perdemos esta —le contesté.

—Estamos rodeados por millones de gruñidores, además les ayudan humanos. Nuestra defensa es casi imposible —comentó Susi.

—Puede que al final decida la batalla algo inesperado —le dije.

—¿Aún sigues creyendo en milagros? —preguntó, poniendo cara de escéptica.

A veces me sentía muy solo, como si nadie pudiera entenderme en el mundo. Era terrible ver algo muy claro mientras el resto de la gente no veía lo mismo que yo.

—Tengo que confiar en la victoria, es lo único que me queda. Mañana presentaremos cara a los gruñidores y, si fracasamos, al menos lo habremos intentado —dije algo ofuscado.

—No te enojes —dijo Susi tomando mi mano—, simplemente estoy asustada. Me gustaría ver las cosas como tú, pero donde tú ves esperanza, yo veo un desastre.

—Lo entiendo —dije abrazándola. Temblaba como si estuviera muerta de frío. El miedo es el principal obstáculo que tenemos los humanos para vencer nuestros problemas.

Nos sentamos cerca de la hoguera y nos quedamos dormidos.

A la mañana siguiente, nos sorprendió ver que los gruñidores no nos atacaban. Seguramente pensaban que no éramos un serio problema, y querían centrarse en destruir las defensas de la colonia.

Dediqué las primas horas a reorganizar la defensa, aunque en mi mente comenzaba a fraguar una nueva idea: ¿Sería posible atacar a los gruñidores y lograr llegar hasta nuestras filas?

Celebramos una reunión con todos los jefes. Les planteé las posibilidades que teníamos, pero la mayoría optó por reforzar las defensas y aguardar el ataque de los gruñidores.

—Yo creo que deberíamos intentarlo. Cuando los gruñidores conquisten la colonia, vendrán por nosotros —dijo Mike.

—Yo apoyo a Mike —dijo John, el jefe de los enanos.

—Ustedes han luchado contra los gruñidores y han conseguido sobrevivir, pero ahora las cosas han cambiado. Son muchos más, están mejor organizados y no lograremos atravesar sus líneas —dijo Marcus, otro de los jefes.

—En Sacramento logramos destruir el nido de los gruñidores y hacerlos huir —comentó John.

—Es un ataque suicida —dijo de nuevo Marcus.

—Más vale morir con honor, que esperar a que nos cacen como ratas —contestó John.

Las opiniones estaban divididas y decidimos postergar la decisión hasta la tarde; tal vez las cosas cambiaran en las siguientes horas y nos sería más fácil ver todo con claridad.

Tras la reunión, me acerqué al extremo norte de nuestra posición y observé el avance de los gruñidores.

Los gruñidores habían conseguido hacer retroceder a nuestros amigos. Aquello dificultaba aun más la posibilidad de llegar hasta nuestras filas, aunque si nosotros atacábamos, nuestros enemigos deberían dividir sus fuerzas y tal vez lográramos detenerlos. Lo bueno de nuestra posición era que la entrada de la península era una franja de tierra muy pequeña, lo que dificultaba la entrada de más gruñidores. En cierto sentido, su ventaja numérica se perdía por las dificultades del terreno.

A mediodía, los gruñidores colocaron algunas baterías y comenzaron a cañonear las defensas de nuestros amigos. Antes de la puesta del sol conseguirían hacerlos retroceder de nuevo. Lo malo era que más allá de la Avenida del Sol, sería muy difícil mantener una línea de defensa. Nuestros amigos deberían retroceder hasta la base.

Mi radio se conectó de repente. Llevaba casi un día entero sin funcionar, pero escuché el sonido estridente y vi la luz roja que parpadeaba.

—Capitán Teseo al habla —dije por el walkie-talkie.

—Aquí mando central. Preparados para inminente ataque —dijo una voz.

—No le entiendo. Repita —dije al walkie-talkie.

—Ataque inminente. Estén preparados.

No entendí qué querían decir, pero ordené a todos los soldados que se colocaran en sus posiciones y esperaran nuevas órdenes. Entonces se produjo el ataque.

Capítulo LVIII

OPERACIÓN RESCATE

TODO FUE MUY RÁPIDO. CUATRO grandes lanchas llegaron a la playa, y comenzaron a desembarcar unos quinientos soldados. Los gruñidores se quedaron sorprendidos por el ataque inesperado. Mientras intentaban reaccionar, nosotros atacamos a los que estaban más cerca de nuestro flanco con todas las armas que teníamos. Desde el cielo, varios cazas lanzaron misiles más al sur, con la intención de cortar las comunicaciones de los gruñidores para que no mandaran más refuerzos. Una hora después, los gruñidores se habían quedado aislados, los misiles habían roto la fina línea de costa y el agua del mar había dividido a la pequeña península del resto del continente.

Los gruñidores se encontraron atrapados en un triple ataque. Por el norte, los defensores salieron de sus barreras de protección y atacaron a los gruñidores; por el oeste, los soldados de las barcazas ganaban más terreno cada vez, y nosotros atacábamos por el este.

Nuestros soldados salieron de las defensas y conmigo a la cabeza se dirigieron hacia la Avenida del Sol. Los gruñidores se pegaban a las playas, pero no se atrevían a lanzarse al agua del océano.

A pesar del desconcierto de los gruñidores, nos costó mucho llegar hasta la línea de defensa de la colonia.

Mike iba con el grupo más avanzado, a su lado estaban los enanos y medio centenar de nuestros mejores soldados. Era increíble ver su temeridad; ya no era el niño que había salido de Ione. Todos estábamos cambiando.

A mi lado luchaba Susi, que dominaba perfectamente el manejo de sus dos pistolas, aunque también podía luchar con habilidad con cuchillos y sus propias manos.

Cuando estábamos a punto de atravesar las líneas, un grupo de diez gruñidores me rodeó. Logré deshacerme de dos de ellos al dispararles, pero los otros ocho continuaban atacándome. Ya no tenía municiones, y saqué un largo cuchillo que siempre llevaba encima.

Tres de los gruñidores más grandes se lanzaron por mí; logré esquivarlos, pero tropecé en el suelo. Los gruñidores aprovecharon la oportunidad para intentar atravesarme con sus lanzas, pero giré sobre el suelo y me puse de nuevo en pie. Uno de los más fuertes sacó un cuchillo y comenzamos a chocar las hojas brillantes de nuestras armas. El gruñidor intentó atravesarme, pero me eché a un lado. Logré herirle en el brazo, pero el monstruo se volvió hacia a mí y con su boca desdentada y llena de babas lanzó un grito ensordecedor. El gruñidor se giró y pasó su cuchillo por delante de mi cara; me balanceé, pero al final el corte me alcanzó en el brazo izquierdo. Me agarré con la otra mano el brazo, y el gruñidor aprovechó para desarmarme. Le miré durante unos segundos. El gruñidor sonrió y levantó el cuchillo para terminar su trabajo.

Scott, uno de los enanos, salió de entre los gruñidores que me rodeaban y, sin previo aviso, apuñaló al monstruo que le miró sorprendido, para después desplomarse. Me agaché y recuperé el cuchillo. Scott y yo estuvimos unos minutos luchando, hasta que todos los gruñidores fueron eliminados.

Algunos de nuestros enemigos llegaron hasta las barcas que les habían llevado hasta allí y comenzaron a cruzar la bahía. Nuestros aviones atacaban a las embarcaciones y lograron hundir a la mayoría.

Los soldados de las barcazas se unieron a nosotros e hicimos una sola cuña contra nuestros enemigos. Intentaron defenderse, pero ya no podían resistir nuestro avance. Al final de la tarde, habíamos liberado toda la zona. Los gruñidores estaban al otro lado de la bahía y habíamos colocado de nuevo dos líneas de defensa más al sur, pero esta vez reforzando las costas, para que no nos pillaran otra vez por sorpresa.

Mi batallón llegó a los barracones agotado. Habíamos perdido a la mitad de los soldados, teníamos muchos heridos y habíamos agotado todas nuestras municiones. Era cierto que los gruñidores habían sufrido una importante derrota, pero todavía eran millones y estaban dispuestos a acabar con nosotros.

CAPÍTULO LIX

LA NOCHE ANTES DE LA BATALLA

LA NOCHE TRANSCURRÍA TRANQUILA, AUNQUE yo tenía un mal presentimiento. Notaba la atmósfera espesa de algo que está a punto de suceder, aunque no sabes explicar muy bien el qué. Estuve un buen rato orando antes de dormir, pero eso me inquietó más que tranquilizarme, como si la sensibilidad espiritual resaltara aun más que algo terrible estaba pronto a suceder.

Me levanté de mi cama bañado en sudor, me di un baño rápido y me puse el uniforme. Salí del barracón y paseé por el interior de la base. Todavía se veían algunas embarcaciones ardiendo en la bahía, y los edificios del otro lado también brillaban como antorchas encendidas en mitad de la noche.

En el puerto estaba el portaviones más viejo, el otro seguía vigilando la costa. Aquel inmenso barco parecía mantenerse en frágil equilibrio. Su inmensa cubierta planeaba sobre mi cabeza, pero aquel coloso parecía un viejo dinosaurio moribundo.

Me aproximé al otro lado de la base. El océano Pacífico parecía una balsa de aceite, y las olas apenas peinaban los riscos de la costa. Entonces observé al gran portaviones que se aproximaba por el oeste. Su tamaño era aun mayor que el viejo, pero en mitad del océano parecía todavía un pequeño barco de juguete.

Escuché el pitido del walkie-talkie y apreté el botón para hablar:

—Capitán Teseo al habla.

—Por favor, acuda al centro de investigación —dijo una voz.

—¿Dónde? —pregunté sorprendido. No había oído hablar de aquel lugar.

—El edificio junto al hospital, le espera el doctor Sullivan —dijo la voz.

Caminé por las solitarias calles hasta la zona hospitalaria. Imaginaba que el doctor quería hacerme un nuevo chequeo o, lo que era mucho peor, darme un refuerzo al tratamiento. No había tenido mucho tiempo de pensar en mi nueva vida. El poco más de una semana de tiempo se había transformado en algo indefinido. Podía morir en cualquier momento, pero al menos no tenía fecha de caducidad.

Un soldado me pidió la identificación en la puerta del centro de investigación, y después me indicó que el despacho del doctor Sullivan se encontraba en la décima planta. Subí por las escaleras, pero cuando llegué a la última planta, noté que me faltaba el aliento. Atravesé el pasillo iluminado únicamente por las luces de emergencia y me detuve delante de la puerta del despacho. Llamé y esperé contestación.

—Adelante —dijo una voz desde el otro lado.

El despacho estaba únicamente iluminado por una lámpara de mesa que reflejaba los papeles de la mesa y una pequeña computadora portátil. El doctor levantó la vista y me observó con su enjuto rostro.

—Capitán Teseo, por favor tome asiento —dijo el doctor.

—¿A qué se debe su llamada? —le pregunté intrigado.

—Me sorprendió que me preguntara cuál era el origen de la peste y todo lo que me contó del pastor Jack Speck. En los últimos días he descubierto algo terrible, pero no me he atrevido a comunicarlo al alto mando.

He de reconocer que las palabras del doctor me asustaron un poco, pero intenté parecer calmado.

—¿Qué es eso que le preocupa tanto? —le pregunté.

—Después de varios años de experimentos y ahora que hace unos meses que dimos con la cura definitiva, he observado en las células que investigo, que la cura no es suficiente —dijo el doctor.

—No lo entiendo —le dije.

—La cura detenía las transformaciones que producían los virus en los cromosomas. Ya le comenté que encontré el gen que hace que se produzca el mal en el ser humano. El virus aceleraba el proceso del gen, y en algunos producía la muerte y en otros les transformaba en seres monstruosos, totalmente degenerados. He visto que aunque la cura invierte el proceso, después de un tiempo este tiende a regresar de nuevo.

—¿Por qué? —le pregunté.

—Si la gente sigue practicando el mal, su maldad termina por inutilizar la cura —dijo el doctor.

—¿Entonces nuestro comportamiento puede acelerar, frenar o retrasar el proceso? —le pregunté.

—Exacto. Si la persona tiene mayor tendencia hacia el mal, eso hará que el efecto de la cura pase en días; si en cambio su comportamiento es hacia el bien, la cura puede durar meses —dijo el doctor.

Durante unos días me había sentido a salvo, pero en ese momento regresó a mi mente la misma angustia de los últimos meses. No me consideraba el peor hombre de la tierra, pero tampoco el más bondadoso.

—Si estoy en lo cierto, muchos de los que están entre nosotros son potenciales gruñidores, si es que alguno no está ya casi transformado, pero hay algo aun peor.

Las palabras del doctor me mantenían en vilo, pero en ese momento una gran explosión y un gran resplandor me hicieron girar la cabeza. El doctor se puso en pie y se asomó a la ventana. Me acerqué un poco, y cuando contemplé la entrada de la bahía, no di crédito a lo que veía. El portaviones que había visto en la lejanía estaba disparando contra nuestras defensas.

CAPÍTULO LX

CABALLO DE TROYA

INTENTÉ COMUNICARME POR WALKIE-TALKIE CON Mike y el resto de mis amigos, pero no pude contactar con ellos. El doctor Sullivan parecía impasible mientras los misiles del portaviones machacaban la base, hasta que agarrándole de un brazo le dije:

—Tenemos que salir de aquí.

—No puedo dejar el laboratorio, estos experimentos son vitales —contestó el doctor.

—Si usted fallece, no servirá para nada el laboratorio —le comenté.

El hombre me miró a través de sus lentes. Sus pequeños ojos parecían destellar bajo la luz que entraba por la ventana.

—Doctor, tenemos que irnos —dije mientras le sacaba de su despacho.

El doctor Sullivan caminó como un autómata detrás de mí, y después nos dirigimos en busca de mi batallón. El caos reinaba por todas partes. Los gruñidores habían aprovechado el ataque del portaviones para realizar una nueva incursión por el sur. Habían logrado colocar un puente portátil, y en menos de media hora la primera línea de defensa estaba destruida.

Cuando llegué a nuestro barracón me quedé asustado. El techo del edificio estaba en llamas y no había ni rastro de mis amigos. No sabía qué hacer, ni tampoco a dónde dirigirme. Confié en que, una vez más, mis amigos pudieran manejarse sin mi ayuda.

—Vamos al puerto, tenemos que intentar salir de aquí antes de que las defensas se desmoronen —le dije.

Caminamos a toda prisa hacia el puerto. Los miembros de la armada habían preparado el viejo portaviones para un caso de emergencia, y en ese momento lo estaban cargando de heridos, personal administrativo, investigadores, niños y los miembros del alto mando.

Cuando nos acercamos al barco, unos militares nos cerraron el paso.

—Únicamente personas de clase A —dijo el soldado mirando mi clasificación en el uniforme.

Estuve a punto de darle un buen puñetazo; no entendía por qué en el nuevo mundo que estábamos intentando crear, también había personas de primera y segunda clase.

—El capitán es de primera clase —dijo el doctor, sacando una tarjeta del bolsillo.

—Adelante —dijo el soldado.

Una bomba cayó a escasos metros de donde estábamos, y tuvimos que lanzarnos al suelo para evitar la estela de fragmentos que volaban por todas partes.

Logramos subir a cubierta, y el doctor pidió reunirse de inmediato con el alto mando. Cinco minutos más tarde, dos soldados nos llevaron hasta la sala de mandos del barco. Allí estaban todos los generales, intentando detener el ataque enemigo.

—Doctor Sullivan, esperamos que sea algo importante —dijo uno de los generales.

—He descubierto que el efecto de la cura no es permanente —dijo el doctor.

—¿Qué quiere decir con que no es permanente? —preguntó otro de los generales.

—El efecto de la cura se pasa en un tiempo; la maldad del individuo se vuelve a hacer fuerte y el proceso de degeneración continúa —explicó el doctor.

Todos se quedaron sorprendidos al escuchar las palabras del doctor.

—Creo que algunos miembros del portaviones que nos ataca han sufrido este proceso, y por eso nos han traicionado —dijo el doctor.

—¿Cómo sabe que ese es nuestro portaviones? —preguntó uno de los generales.

—No lo sabía, pero imaginé que era el nuestro. No creo que sigan muchos barcos de ese tipo operativos —contestó el doctor.

—Eso implica que cualquiera de nosotros se puede convertir en un traidor en cualquier momento —dijo un general.

—Exacto —contestó el doctor Sullivan.

—Estamos intentando detener el ataque de los gruñidores; si no lo conseguimos en las próximas horas, saldremos con el barco a alta mar —comentó el jefe del alto mando.

Aquellas palabras me alertaron. No tenía mucho tiempo para intentar encontrar a mis amigos y regresar al barco.

—¿Puedo retirarme, señor? —dije al jefe del alto mando.

—Un momento. Tenemos una misión importante para usted. Debe regresar al laboratorio y traer todos los papeles y muestras del doctor. ¿Entendido? —dijo el jefe del alto mando.

—Sí, señor —contesté.

—¿Qué espera? —dijo al verme quieto.

—Querría pedirle una cosa —dije tímidamente.

—Hable, capitán.

—Quiero que puedan embarcar los miembros de mi batallón. Resistieron el ataque de hace dos días, casi la mitad de ellos han muerto o han sido heridos —le dije.

—¿Cuál es su batallón? —preguntó el jefe del alto mando.

—El 4° batallón —le contesté.

El jefe del alto mando preguntó a uno de los generales por la posición de mis hombres. Después me dijo que me acercara al mapa.

—Está complicado. Sus hombres están en el Campo de Golf Coronado. Los gruñidores han entrado con mucha fuerza en la zona, y no tardarán en aislarlos. Eso puede poner en peligro su misión de traer las muestras del laboratorio —dijo el jefe del alto mando.

—Si me deja cinco vehículos, los sacaré de allí y traeré lo que me pide antes de que tenga que partir —le dije. Mi voz sonó tan convincente que hasta yo mismo me sorprendí.

—De acuerdo, tiene dos horas. No creo que podamos resistir mucho más —dijo el jefe del alto mando.

Me dieron las órdenes por escrito, también los permisos de embarque, los permisos para tomar el material de laboratorio y los vehículos del hangar al lado del puerto. Salí corriendo, subí a la cubierta y bajé por la pasarela.

Nuestros aviones atacaban al portaviones enemigo, pero a pesar de haber conseguido alcanzarle, este seguía hacia la entrada de la bahía. Desde el otro lado también nos disparaban con varias baterías.

La explanada que separaba el barco del hangar me pareció interminable. Les di a los soldados de la entrada la orden y entré dentro de la inmensa sala diáfana. Tenía varios vehículos oruga, algunos camiones y un gran Hummer.

—Sargento, necesito cinco conductores —dije al encargado de los vehículos.

—Eso es más difícil. Tengo a tres —contestó.

—Me llevo a los dos vigilantes de la puerta —le comenté.

—Pero, los vehículos quedarán sin vigilancia —dijo el sargento inquieto.

—Dentro de un par de horas esto se convertirá en un infierno. Le aseguro que el último problema que tendrá es qué hacer con este hangar —le dije muy serio.

—Está bien. Lléveselos, pero regresen en el tiempo estipulado —dijo el sargento.

Las palabras del hombre me dejaron sorprendido; a veces los militares anteponían sus normas a la realidad. Aunque tal vez era eso lo que mantenía la calma en momentos de máxima tensión como aquellos.

Salimos del hangar en dirección hacia el sur. La calle principal había sido machacada por las bombas, por eso era mejor intentar llegar al Campo de Golf Coronado bordeando la costa, por la calle 2.

Mientras los camiones avanzaban a toda velocidad por la costa, no pude evitar mirar hacia la bahía. Medio centenar de barcazas se dirigía hacia nosotros. No podríamos regresar por ese camino, pues en menos de una hora los gruñidores estarían desembarcando en la península. Intentaría regresar por la Avenida Palm, que cortaba las calles de la ciudad en diagonal.

Tras media hora de camino entramos por el Bulevar Glorieta, y desde allí nos dirigimos a la parte más al oeste del campo de golf, donde estaba destinado mi batallón.

El bulevar terminaba en una especie de ensenada en la que había un puerto marino. Al final del puerto estaba la tercera línea de defensa, que desde hacía una hora se había convertido en la primera línea de defensa.

Mi batallón y los otros dos que se habían ido replegando desde el comienzo del ataque se esforzaban por mantener la posición, pero ya no tenían casi cobertura aérea y los gruñidores eran tan numerosos, que no parecía que estuvieran eliminando a miles cada hora.

Intenté localizar con los prismáticos a mis hombres. Estaban justo en el otro lado de la calle, a los pies del Hotel Coronado. Ordené a los camiones que se pusieran en marcha y entramos en la Avenida Orange en medio del fuego enemigo. Escuchaba las balas rebotar en mi vehículo mientras a toda velocidad atravesaba los jardines y me situaba al lado de Mike y el resto de mis amigos.

Cuando abrí la puerta y saqué la cabeza, mi hermano no pudo retener un grito de alegría.

—¡Tes, Dios mío!

Todos se giraron a la vez, y con un gesto les dije que subieran a los vehículos, que pasando la avenida se habían situado detrás de mí.

—No podemos dejar al resto de compañeros solos —dijo Mike.

—El frente caerá en menos de una hora, un portaviones nos ataca por el norte y por el este están llegando decenas de barcazas enemigas —le dije desesperado.

—¿Y ellos? —preguntó Mike señalando al resto de soldados que había desplegados por la avenida.

—Tenemos una misión. Debemos rescatar todos los experimentos del doctor Sullivan —dije a mi hermano para intentar persuadirle.

—Ve tú, nosotros nos quedamos —comentó John, el jefe de los enanos.

En mi fuero interno sabía que tenía razón. No se puede dejar a tus compañeros en medio de la lucha. Me encontraba ante una tesitura. Debía cumplir las órdenes, pero tampoco podía dejar a mi hermano y a mis amigos solos.

Un gran misil voló sobre nuestras cabezas e hizo que medio hotel saltara por los aires. Me bajé del vehículo y me puse a cubierto. Entonces supe lo que tenía que hacer.

Capítulo LXI

DECISIONES CORRECTAS

CUANDO ME LEVANTÉ DE LA tierra del jardín con el rostro medio embarrado, estaba realmente furioso. Estaba claro que no podíamos detenerlos, pero sí al menos hacer una retirada ordenada y salvar al mayor número posible de soldados.

—John, llama a los otros dos capitanes —ordené.

Después reorganicé toda la sección. Los gruñidores se nos estaban colando por la playa, y la única manera de evitar que nos rodearan era retroceder las líneas de defensa hasta la base.

Cuando llegaron los dos capitanes les expliqué mi plan. Prepararíamos una trampa a los gruñidores. Uno de los camiones lo cargaríamos de explosivos y lo dejaríamos atravesado en la avenida. Nos retiraríamos hasta la Plaza Churchill, y cuando los gruñidores se acercaran al camión haríamos estallar las bombas. Eso nos dejaría el tiempo suficiente para llegar a la base. Después, nosotros buscaríamos el material y el resto iría hacia el portaviones.

Preparamos las cargas, yo me subí al maltrecho Hotel Coronado para intentar entender la estrategia de los gruñidores y buscar posibles vías de escape, por si no llegábamos a tiempo al portaviones.

La única posibilidad de escapar de allí si no conseguíamos llegar al portaviones era intentando encontrar algún avión en el aeropuerto. Eso era casi un suicidio, pero situaciones desesperadas exigían medidas desesperadas.

Cuando todo estuvo preparado, mandé que retrocediesen la mitad de los hombres. Los gruñidores vieron nuestra maniobra y atacaron con más ahínco. Entonces ordené que el resto subiera a los vehículos, y mientras los soldados subían, los gruñidores atravesaron nuestras defensas. En un par de minutos nos darían alcance.

Mike, Susi y el resto de mis amigos subieron a mi transporte. Salimos con los vehículos a toda velocidad. Cuando estuvimos separados algo más de una milla, miré por el retrovisor del auto.

Miles de gruñidores estaban en nuestra antigua línea defensiva. Apreté el detonador y una gran explosión se escuchó a mis espaldas. Noté que nuestro vehículo se inclinaba hacia delante por la onda expansiva; pude ver el destello, y el ensordecedor sonido me dejó sordo durante varios minutos.

Cuando miré de nuevo atrás, apenas quedaban algunas decenas de gruñidores tambaleándose de un sitio a otro, totalmente aturdidos por la explosión.

Capítulo LXII

NO QUEDA TIEMPO

LOS GRUÑIDORES NO TARDARON MUCHO en recomponerse. Mientras los otros dos batallones se dirigían al portaviones, nosotros aprovechamos para buscar el material del doctor. El caos se había apoderado de «Villa Esperanza». En unas horas se destruiría lo que había tardado tanto tiempo en construirse. Tenía la sensación de que la tierra no volvería a ser nunca nuestro hogar. Estaríamos siempre vagando de un lado para otro, como extranjeros sin tierra. Eso me recordó las palabras de mi padre, cuando en una de sus predicaciones habló de que los verdaderos hijos de Dios eran extranjeros y advenedizos en este mundo. Desde mi salida de Ione no había encontrado ningún sitio al que pudiera llamar mi tierra.

Aparqué el Hummer enfrente del laboratorio en el que había estado aquella misma mañana, pero el lugar parecía muy distinto. Varios vehículos ardiendo, edificios destrozados y cristales por todas partes era ahora lo que podía verse por todas partes. Corrimos escaleras arriba, entramos en el laboratorio y metimos en varias cajas los papeles, una computadora portátil, varias probetas, una caja entera del remedio y todo lo que pensamos que podía ser de utilidad.

Cuando salimos al pasillo, nos llegó un fuerte olor a humo. Miramos escaleras abajo y vimos cómo las llamas comenzaban a ascender.

—¿Por dónde escaparemos? —preguntó Susi asustada.

—Por la escalera antiincendios, rápido —les dije.

Tuvimos que taparnos la boca con los pañuelos mientras corríamos hacia la salida de emergencia del fondo. Intentamos abrir la puerta, pero estaba atascada. John se adelantó, y haciendo palanca con un hierro la abrió.

El aire de la calle nos hizo respirar aliviados. Casi todos bajamos las escaleras de emergencia tosiendo. Estábamos a medio camino cuando vimos un helicóptero que se aproximaba. Le hicimos señas con la mano y comenzó a disparar.

Bajamos a toda velocidad, pues en las escaleras éramos un blanco fácil. El helicóptero continuó disparando y casi llegó a alcanzarnos cuando corrimos hacia nuestro vehículo. Justo antes de entrar en el Hummer, Scott cayó herido.

—Suban ustedes —dijo John, mientras él y Charles tomaban a su amigo en brazos.

Una nueva ráfaga hizo que los tres enanos cayeran al suelo, y cuando me giré para pedirles que subieran al auto, vi el charco de sangre que los rodeaba. Susi comenzó a llorar y Mike tuvo que introducirla en el auto a la fuerza. Salimos de allí debajo de una lluvia de balas, pero afortunadamente el vehículo estaba muy bien preparado y nos escabullimos entre los edificios.

El Hummer parecía volar, mientras intentaba esquivar los boquetes de los misiles y todos los vehículos destrozados que había por las calles. Bajamos por la calle I a toda velocidad; cuando logramos llegar al puerto, una lluvia de bombas nos hizo frenar en seco. A lo lejos, el portaviones se alejaba en dirección al océano.

—Se van —dijo Mike.

—¿Qué hacemos ahora? —preguntó Susi, que había logrado calmarse un poco.

Me quedé en silencio. Lo cierto es que no sabía qué podíamos hacer. Lo único que se me ocurría era encontrar una embarcación e intentar alejarnos de San Diego, pero la bahía estaba infestada de gruñidores.

Apreté el acelerador y me fui en dirección contraria. Todavía podíamos intentar una última cosa.

—¿A dónde vamos? —preguntó Mike.

—Tenemos que intentar salir de aquí, y únicamente nos queda una posibilidad —le dije mientras intentaba no estrellarme con algo. El Hummer estaba a tope, no podíamos perder ni un segundo.

Capítulo LXIII

VOLAR O MORIR

SABÍA QUE LA PISTA DE aterrizaje de la base estaba en la parte norte de la península, pero no tenía ni idea de si quedaría algún helicóptero o avión disponible. El portaviones llevaba machacando aquel perímetro toda la mañana.

Mientras atravesaba la base de nuevo, vi a miles de gruñidores que comenzaban a cerrarnos el paso. La marea de monstruos estaba en su punto más álgido, y nos tocó contemplar cómo capturaban a varias personas a medida que nos acercábamos a las pistas de despegue.

Al fondo divisé algunos aviones. Las pistas estaban rodeadas por una valla de alambres; no me molesté en frenar, simplemente tumbé la valla y continué a toda velocidad hasta los primeros hangares.

Vimos muchos aviones calcinados, también la pista totalmente agujereada por las bombas, pero eso no nos desanimó. Nos dirigimos al helipuerto; si podíamos salir de allí, sería en uno de esos magníficos aparatos que no necesitaban una pista.

Cuando estábamos a punto de alcanzar los helicópteros, observamos cómo un par de autos se nos acercaban por detrás. Miré el retrovisor y observé los rostros de los perseguidores; eran humanos, pero de los mercenarios de los gruñidores. Los autos tenían instaladas unas grandes ametralladoras en el techo y comenzaron a dispararnos.

Avanzamos a toda velocidad, cuando a lo lejos observé cómo uno de los pocos helicópteros que quedaban intactos comenzaba a mover sus aspas.

Algunas de las balas alcanzaron a nuestro vehículo y derrapamos; con las ruedas reventadas continué la marcha. Saltaban chispas de las llantas, y un desagradable olor a goma quemada comenzó a flotar en el ambiente. Nos detuvimos al lado del helicóptero, me parapeté detrás del vehículo y disparé a los autos.

Mis amigos corrieron hasta el helicóptero haciéndole señales para que no despegara. Al otro lado, los gruñidores se acercaban corriendo. En un par de minutos nos sería imposible escapar.

Apunté a los neumáticos del primer auto; logré acertar, y el vehículo derrapó volcando sobre el asfalto. El segundo auto continuó disparándonos. Se movía mucho y no lograba acertarle en los neumáticos. Al final busqué entre mis bolsillos alguna granada, pero no llevaba ninguna.

Mis amigos montaron en el helicóptero y, a pesar de sus quejas, este comenzó a ascender lentamente. Corrí hasta el aparato. Las balas silbaban a mi lado y los primeros gruñidores comenzaban a llegar por mi izquierda.

Cuando llegué bajo el helicóptero, este ya había ascendido un poco, pero di un salto y me agarré a una de las barras que estaban debajo de la puerta lateral.

El auto se situó a nuestro lado y comenzó a disparar, pero uno de los soldados alcanzó al que utilizaba la ametralladora y comenzamos a ascender más deprisa.

Mike extendió las manos para ayudarme a entrar. No sentía los brazos; estaba agotado, y las manos sudorosas comenzaban a escurrírseme. Cuando las manos de mi hermano tiraron con fuerza, tuve miedo de caer al vacío, pero logró meterme dentro y cerrar la puerta.

Con la respiración agitada y un fuerte dolor en las muñecas, me senté cerca de la ventanilla. Toda la pista se cubrió de una alfombra de cabezas que nos observaban. Mike y Susi estaban a mi lado, al menos habíamos logrado escapar de aquel infierno. El sueño de «Villa Esperanza» se deshizo ante nuestros ojos, como si se hubiera tratado únicamente de un espejismo.

EPÍLOGO

HAY UNA PERICIA EN EL ser humano que siempre le ha dado ventaja frente al resto de las especies. Mientras sobrevolábamos la ciudad de San Diego, observamos cómo el viejo portaviones, peor equipado y defendido, lograba hundir al nuevo. Los gruñidores y sus aliados no parecían dominar el arte de la guerra. El mal siempre imita al bien, pero nunca logra igualarlo.

El viejo portaviones salió de la bahía pasando al lado de los restos del otro gran barco. Logró virar, mientras seguían acosándole cañones en la costa, y adentrarse en el océano.

Nuestro helicóptero siguió a aquel gigantesco mastodonte marino hasta que le dimos alcance. Después, el piloto pidió permiso para aterrizar y notamos cómo descendíamos lentamente hasta una de las pistas principales. Cuando miré atrás, observé que otros tres aparatos también comenzaban a acercarse a nosotros. Aquella visión alivió un poco mi tristeza. El ser humano ya había perdido el paraíso en varias ocasiones, pero al menos de aquel desastre habían sobrevivido algunos de los nuestros.

Me acordé de nuestros amigos los enanos tumbados inertes en el frío suelo de aquel estacionamiento. También pensé en Katty, que se encontraba en alguna parte de California, seguramente viajando al norte con Elías, que una vez más había logrado engañarme.

Observé a Susi; ella me miró con sus grandes ojos negros y sentí que donde estuviera ella, sería mi paraíso. Mi hermano nos abrazó a los dos. Éramos los únicos que quedábamos de todos los que habíamos salido de Ione. Nuestra vida había cambiado mucho, pero estábamos juntos y eso era lo único que importaba.

La ciudad de San Diego ardía a los lejos, mientras el sol comenzaba a ponerse de nuevo en el horizonte. Un día más había pasado y seguíamos con vida. Éramos unos privilegiados, ya que miles de cuerpos yacían en aquella hermosa península bañada por el océano Pacifico.

Ahora mi vida estaba de nuevo llena de incertidumbres; si el remedio no era efectivo, la peste podía desarrollarse en mí en cualquier momento. La fecha de mi cumpleaños había dejado de ser el día de mi ejecución, pero esta únicamente se había postergado por un tiempo.

Mientras el helicóptero tocaba la pista, me metí la mano en el bolsillo. Lo único que habíamos podido salvar del laboratorio descansaba en él. Un pen drive que había quitado del portátil que habíamos guardado en las cajas que se habían quedado en el auto y una de las dosis del remedio contra la peste. Esperaba que con aquello el doctor Sullivan pudiera volver a hacer su fórmula. Aunque seguía pensando que el único remedio para vencer al mal estaba fuera de nuestro alcance. La verdadera batalla se luchaba a muchos pies sobre nuestras cabezas, una lucha que había durado milenios, pero que estaba a punto de llegar a su fin. Pensé en mis padres y en las palabras del pastor Jack Speck. La resurrección era el único remedio para vencer a la muerte.

AGRADECIMIENTOS

GRACIAS A GRACIELA, LARRY Y todo el equipo por su trabajo y esfuerzo por llevar los libros al hermoso idioma español.

A mi amada esposa Elisabeth y mis hijos Andrea y Alejandro, que forman mi mejor mundo.

Busca la serie de **Apocalipsis**

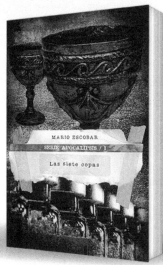

"Las siete copas"

"El falso profeta"

"Abadón"

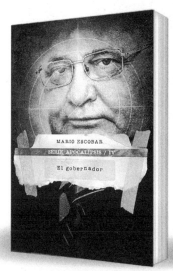

"El gobernador"

MARIO
ESCOBAR